Sur la plage...
Au coin du feu...
Dans le train...

Dans votre jardin...
Allongée sur l'herbe...
Ou dans votre lit...

SÉRIE CLUB vous promet
Un moment de détente
De rêve et d'évasion.

Un secret nous sépare

Lilian Peake

ÉDITIONS HARLEQUIN

*Cet ouvrage a été publié en langue anglaise
sous le titre :*

A SECRET AFFAIR

La loi du 11 mars 1957 n'autorisant aux termes des alinéas 2 et 3 de l'article 41, d'une part, que les copies ou reproductions strictement réservées à l'usage privé du copiste et non destinées à une utilisation collective, et, d'autre part, que les analyses et les courtes citations dans un but d'exemple et d'illustration, toute représentation ou reproduction intégrale ou partielle faite sans le consentement de l'auteur, ou de ses ayants droit ou ayant cause, est illicite (alinéa 1er de l'article 40).

Cette représentation ou reproduction, par quelque procédé que ce soit, constituerait donc une contrefaçon sanctionnée par les articles 425 et suivants du code pénal.

© 1980, Lilian Peake.
© 1982, Traduction française : Harlequin S.A.
48, avenue Victor-Hugo, Paris XVIe – Tél. 500-65-00.
ISBN 2-280-01022-4
ISSN 0223-3797

1

Ce jour-là, Alicia ne parvenait pas à se concentrer sur son travail. Par malheur, c'était justement une de ces journées où l'un des directeurs de l'entreprise « Alexander et Cie » avait été particulièrement en verve pour écrire ! Quoique « écrire » était un bien grand mot, songea Alicia en se frottant les yeux : il avait dicté toutes les lettres au magnétophone.

Ses collègues étaient déjà partis, et elle se retrouvait seule dans le bureau. Elle n'avait pas un goût prononcé pour les heures supplémentaires : elles ne lui seraient d'ailleurs pas payées. Mais son patron, M. Seager, lui avait gentiment demandé de préparer le courrier à la signature pour le lendemain matin.

— Je vous en serais très reconnaissant, avait-il ajouté de son air un peu distrait. Je passerai à mon bureau à la première heure pour repartir aussitôt en réunion.

Les doigts de la jeune secrétaire ralentirent sur les touches de la machine à écrire. S'accoudant sur la table, elle appuya son menton au creux de sa main et ferma les yeux. Si quelqu'un avait pu l'observer de près, il aurait vu les larmes perler sous ses longs cils : le matin même, elle avait reçu une lettre de rupture de son ami. Désespérément, elle s'efforçait de ne pas y penser.

Jake lui écrivait :

« J'ai rencontré à l'université une fille formidable. Avec elle, tout est si facile. Elle s'appelle Loreen et nous sommes amoureux. Elle ne te ressemble en rien, Alicia : tu es blonde, elle est rousse! Elle est si gaie! Elle vit dans l'instant présent alors que toi tu prends toujours la vie tellement au sérieux : tu te poses toujours des questions... Loreen et moi avons la même vision du monde. Elle adore la vie; danser, rire, sortir et bien d'autres choses encore. Me comprends-tu?... »

Il avait fortement souligné cette dernière phrase. La lettre se terminait ainsi :

« ... Comme tu peux le voir, elle est tout le contraire de toi! Je suis désolé, Alicia, de ce qui nous arrive. J'espère que tu ne m'en voudras pas. Jake. »

— Quelque chose ne va pas?

Todd Alexander, le directeur de la firme, se tenait debout dans l'encadrement de la porte.

Alicia essuya vivement de son index le contour de ses yeux humides. Pourvu qu'il soit trop éloigné d'elle pour avoir remarqué ses larmes!

Elle secoua énergiquement la tête, faisant onduler ses longs cheveux blonds sur ses épaules.

— Non... non, monsieur. Je rattrape mon retard, bredouilla-t-elle.

Se gardant bien de lui donner la vraie raison, elle se força à lui sourire.

— M. Seager m'a dicté beaucoup de lettres aujourd'hui. Il les veut pour demain matin au plus tard.

Todd Alexander ne bougeait pas. Il semblait attendre de plus amples explications.

— Il doit partir de très bonne heure, ajouta-t-elle.

La jeune fille se hâta de placer ses mains sur le clavier de la machine : ce geste inciterait peut-être son directeur à la laisser seule!

— Combien de lettres avez-vous à taper? insista-t-il.

— Une douzaine, répondit-elle, étonnée par tant de curiosité.

— N'êtes-vous pas capable de taper douze lettres en un après-midi?

— En temps normal, oui. Mais aujourd'hui...

Elle se demanda pourquoi il la provoquait ainsi. Ne sachant que penser, elle se remit à taper en soupirant. L'atmosphère était pesante : était-ce à cause de cette maudite lettre? Peut-être aussi avait-on débranché l'air conditionné, l'heure de fermeture des bureaux étant largement dépassée. Ou bien était-ce la présence de Todd Alexander qui l'oppressait?

Comme la plupart des autres dactylos, Alicia le trouvait fort séduisant : il se tenait toujours très droit, accentuant ainsi sa grande taille et sa large carrure. Il émanait de lui une impression de santé et de force qui inspirait immédiatement confiance. Rien ne semblait échapper à son regard lucide, mais en revanche, il ne laissait jamais entrevoir ses sentiments. Ce trait de caractère avait dû lui être utile bien des fois dans la lourde tâche qui lui incombait!

— Etes-vous payée pour ce travail supplémentaire?

Alicia sursauta. Elle le croyait reparti dans son bureau, et cette remarque lui fit l'effet d'une douche froide.

— Mais, c'est ma lenteur d'aujourd'hui qui est en cause!

Désorientée, elle avait répondu un peu sèchement, sans réfléchir. Regrettant son impatience, elle esquissa un sourire et s'excusa.

— Et cette course contre la montre va durer jusqu'à demain? fit-il avec une pointe de malice.

Elle se mit à rire puis, jetant un coup d'œil à la pendule, elle vit les aiguilles marquer six heures.

— Un quart d'heure pour le « sprint final », répondit-elle posément.

— Alors ne manquez pas le départ... Faites vite... Nous sommes les derniers, et le veilleur de nuit va bientôt commencer ses rondes.

Son ton changeait d'un moment à l'autre : amical, plein d'humour à certains moments, il redevenait brusquement autoritaire à d'autres.

Alicia s'appliqua à finir rapidement ses lettres. Son travail terminé, ses affaires rangées, elle sortit sur la pointe des pieds. Sans pouvoir se l'expliquer vraiment, elle voulait éviter un nouveau face à face avec Todd Alexander. Elle parcourut rapidement du regard le corridor et sursauta : il était devant la porte de son bureau. Une main enfoncée dans la poche de son veston, il l'observait. Elle s'empressa de rompre le silence :

— Je regrette de vous avoir fait attendre.

Il lui sembla que sa voix résonnait à travers tout l'étage, remplissant à elle seule l'enfilade des bureaux déserts. Privés de leur agitation quotidienne, les lieux paraissaient sinistres. L'espace devenait immense, et il semblait à Alicia que même ses sensations avaient pris des proportions démesurées.

Todd Alexander lui fit un petit signe de tête. Elle resta un instant sans oser bouger, se demandant ce qu'il avait bien pu lui signifier : son geste était-il approbateur ou lui avait-il sèchement indiqué la sortie, irrité du temps qu'elle lui avait fait perdre?

— Bonsoir, monsieur! A demain! répondit-elle gaiement, cherchant à dissimuler son malaise.

L'écho de sa propre voix la frappa comme une fausse note : quel ton de secrétaire modèle! songea-t-elle, dépitée.

Sans plus attendre, elle se hâta vers l'ascenseur.

Dehors, la jeune fille fut surprise par une pluie battante. Elle se sentit brutalement replongée en hiver, privée de ces premières soirées de printemps : chaque année, elle aimait observer la lumière du jour grignoter peu à peu la nuit.

Une rafale de vent ouvrit les pans de son manteau et elle frissonna. Décidément, le temps était aussi triste qu'elle !

Relevant son col, elle se glissa dans la foule qui avançait péniblement, tête baissée contre la bourrasque. Par un temps pareil, un chez soi bien chaud était l'endroit rêvé, mais Alicia ne pouvait se résoudre à regagner son appartement : la lettre de Jake l'y attendait, encore ouverte sur son lit. Ce serait une soirée où elle détesterait tout : Jake, elle-même, la vie... Des questions sans fin où elle se retrouverait seule, confrontée à sa personnalité qu'elle voulait changer sans savoir ni comment ni pourquoi... Fallait-il donc qu'elle devienne une jeune femme aimant « danser, rire, sortir... » Sortir ? En tout cas, elle ne rentrerait pas dîner chez elle !

Ses cheveux mouillés étaient plaqués sur son front, et l'eau ruisselait le long de son cou. La pluie torrentielle avait traversé son élégant manteau couleur crème, peu adéquat pour de telles intempéries !

Alicia ne se demanda pas si c'était le mauvais temps ou son désarroi qui la secouait de frissons. Elle s'en moquait, marchant comme une automate. Est-ce que quelque chose aurait un jour de l'importance pour elle ? Jake avait brutalement disparu de sa vie. Il ne l'avait pas aimée comme elle l'aurait souhaité : il avait voulu qu'elle soit différente ; la changer, comme on façonne les êtres en rêvant. « Elle est si gaie », disait la lettre, « elle adore la vie ». L'injustice de ces derniers mots obsédait Alicia : elle les retournait sans cesse dans sa tête jusqu'à ce qu'ils s'emmêlent perdant alors toute signification.

Délibérément, Alicia passa devant sa station de métro sans même la regarder. Ses pas l'entraînaient toujours plus loin comme si ses pensées s'épuisaient au même rythme que son corps. Lentement, ânonnant comme l'écolière sur sa page de lecture, elle se répétait : « Jake est un être sans profondeur, un homme sans cœur, je le déteste... »

La pluie et les larmes lui brouillaient la vue. Elle s'arrêta pour s'essuyer le visage et aperçut à cet instant le menu d'un hôtel-restaurant. La pluie glissait sur la vitre comme les larmes sur ses joues. La carte lui rappela toutes les fois où Jake avait proposé :

— Allons au restaurant : amusons-nous, c'est tellement plus agréable que de discuter...

« D'accord, j'irai au restaurant », se dit rageusement Alicia.

Le menu annonçait : « Œufs Pochés Océane, Filet de Bœuf Wellington, Salade Mexicaine, Roue de Brie, Miroir au Cassis. »

Alicia n'avait pu s'empêcher de chercher les prix avant de parcourir l'élégante écriture ! Non, vraiment, c'était trop cher ! Elle fit la moue, s'éloigna d'un pas résolu et vint se heurter à un passant.

— Eh bien ! Vous n'avez pas faim ?

Elle se demanda avec indignation comment cet inconnu pouvait lui parler aussi familièrement ! Mais... cette voix ne lui était pas étrangère. Elle fit volte-face et reconnut Todd Alexander.

La jeune fille recula mais il lui prit doucement le bras. Elle repoussa nerveusement les mèches dorées collées à son front. Puis elle se ressaisit et décida sur-le-champ d'épouser le personnage d'une femme gaie, insouciante.

— Non non, je n'ai pas faim ! Je regardais le menu par curiosité : la bonne cuisine m'intéresse, fit-elle sur un ton enjoué. Je...

Elle serra son sac à main entre ses doigts comme pour y garder son argent à l'abri ! Il suivit son geste des yeux. « Mon Dieu! pensa-t-elle, effrayée, va-t-il deviner que... »

— Un lieu aussi cher vous coupe peut-être l'appétit?

Il avait vu juste! Pour un homme d'affaires, il ne manquait pas de psychologie!

Alicia se sentit à nouveau prise au piège comme lorsqu'il l'avait questionnée au bureau. Elle repensa à la lettre de Jake et lutta pour reprendre un peu d'assurance.

— Même si je pouvais payer, je n'irais pas, trempée comme je suis, dans un endroit aussi chic! Ils ne me laisseraient d'ailleurs pas entrer!

« Que ma voix est artificielle et stupide » songea-t-elle.

Cette fois, Todd Alexander lui prit fermement le bras.

— Entrons et mettons-nous à l'abri, ordonna-t-il.

Tout en parlant, il l'entraîna vers la réception.

Horrifiée, Alicia remarqua les traces de ses pas sur le magnifique tapis bleu et or. Elle ruisselait de partout!

— Non! Je ne veux pas entrer, protesta-t-elle.
— Mais, vous n'êtes pas la seule, Miss Granger! Regardez autour de vous.

En effet, elle vit là des hommes ne sachant où poser leur parapluie et leur manteau, des femmes à la coiffure autant en désordre que la sienne! Les grooms allaient et venaient, chargés de vêtements gorgés d'eau.

L'un d'eux s'approcha d'Alicia pour lui prendre son manteau. Elle se retourna vers Todd Alexander.

— Dites-lui que je ne reste pas. J'allais rentrer chez moi mais...
— Mais vous avez changé d'avis, interrompit-il. Vous marchiez dans la direction opposée de chez vous, Miss Granger!

— Comment connaissez-vous le trajet pour aller chez moi ? murmura Alicia, interloquée.

— Montons jusqu'à ma chambre. Là, je vous donnerai une serviette pour vous sécher les cheveux, fit-il en guise de réponse.

— Ecoutez, monsieur, je ne veux pas rester. Je vous l'ai dit, cet endroit est trop cher pour moi. Je me suis seulement arrêtée pour...

— Pour essuyer vos larmes ?

— Non, non, la pluie, rectifia faiblement la jeune fille.

Avant qu'elle ne pût protester davantage, ils étaient dans l'ascenseur. Il lui avait pris le coude, le serrant comme dans un étau. Elle chercha à se dégager mais il ne fit que resserrer davantage son emprise, lui arrachant un petit cri de douleur. Alicia comprit qu'elle devait s'avouer vaincue.

Pendant qu'ils montaient, seul le ronronnement sourd des machines troubla le silence. Malgré une lumière tamisée, elle saisit son reflet dans le miroir et sentit ses joues devenir cramoisies : ses vêtements trempés collaient à sa peau, épousant les formes de son corps dans les moindres détails ! Elle croisa ses bras sur sa poitrine et se frotta les épaules faisant mine de se réchauffer. Elle risqua un petit coup d'œil vers son compagnon et tressaillit : il l'observait, et son visage impassible ne trahissait aucune impression particulière. « Les yeux marron sont pourtant réputés être chaleureux, mais ceux-ci, se dit-elle, sont l'exception qui confirme la règle : malgré de soyeux reflets bruns, malgré l'ombre de beaux cils noirs, ils sont froids et durs... »

Au grand soulagement de la jeune fille, la porte s'ouvrit mettant fin à cette promiscuité forcée.

— Mais pourquoi donc avez-vous une chambre ici ? demanda-t-elle de sa voix douce et profonde.

Alicia se rappela alors qu'elle avait décidé d'être

différente de ce qu'elle avait toujours été. Sans lui laisser le temps de répondre, elle poursuivit avec entrain :

— Ah! Pour pouvoir sortir tranquillement en ville le soir sans...

— Par ici, Miss Granger, fit-il en lui indiquant le couloir.

— Il y a quatre mois, poursuivit-il d'un ton impersonnel, j'étais encore dans le nord de l'Angleterre. J'ai décidé alors d'installer notre maison mère au cœur de Londres. C'est pourquoi je suis ici. Je ne sais pas encore au juste où je vais habiter... L'hôtel m'a paru la meilleure solution en attendant.

Ouvrant la porte de sa chambre, il l'invita d'un geste de la main à entrer.

L'endroit était luxueusement meublé. Décidée à faire partie de ces femmes dont on dit que la compagnie est toujours agréable, Alicia se répandit en propos enthousiastes!

— Comme c'est élégant! Je ne peux imaginer de meilleur endroit. Tous ces meubles encastrés, comme c'est amusant! Et cette salle de bains turquoise entièrement carrelée : c'est un rêve!

Elle se tourna vers lui, le regard admiratif. Il la regardait, les yeux légèrement plissés; ses lèvres remuèrent un instant, comme pour parler, mais il se taisait.

— Oh! Mais vous avez un double vitrage pour vous calfeutrer des bruits de la rue... Quel paradis, cet appartement.

— C'est la première fois que vous venez dans une chambre d'hôtel? fit-il, ironique.

— Oh non! Mais...

— Ne pensez-vous pas que vous feriez mieux de vous sécher les cheveux?

Alicia rougit violemment : il lui faisait comprendre qu'après tout, elle était montée pour se sécher!

Elle se dirigea vers la salle de bains, se sentant tout à coup très lasse. Son personnage de femme « sûre d'elle » et pleine d'entrain l'avait abandonnée. Le poids de cette longue journée venait de lui tomber sur les épaules : la lettre, son travail si péniblement achevé, la pluie, les questions de Todd Alexander. Combien de temps pourrait-elle lui jouer la comédie? Elle n'en avait pas la moindre idée! La voix de son hôte la tira de ses réflexions.

— Je vais vous faire monter un séchoir. En attendant, profitez-en pour vous essuyer un peu. Malheureusement, je n'ai pas de vêtements à vous proposer. A moins que...

Ses yeux se posèrent sur sa robe de chambre en soie, glissée dans un anneau sur le mur.

Porter ses vêtements? Jamais!

— Oh non! C'est inutile, coupa-t-elle.

Elle enfonça sa tête dans une serviette-éponge et, le corps penché en avant, se frotta énergiquement les cheveux. Quand elle se releva, elle ne put s'empêcher d'éclater de rire en voyant son visage dans la glace. Pour la première fois ce jour-là, elle riait en toute sincérité, redonnant vie à ses grands yeux d'un bleu profond, presque insondable.

— Mes cheveux! Ils sont comme un arbuste mal taillé!

Elle se tourna vers Todd Alexander, l'air espiègle. Devant l'expression d'Alicia son visage se détendit, comme par enchantement. Il se mit à lui sourire, ses yeux bruns si froids, se réchauffant au contact des siens. Heureuse de l'avoir déridé, la jeune fille souhaita que leurs dialogues soient plus gais. Peut-être enfin pourrait-elle lui parler autrement que comme la secrétaire s'adressant au directeur...

On frappa à la porte, et Alicia se retira vivement dans la salle de bains.

— Pourquoi vous cachez-vous? lui demanda-t-il

lorsqu'il revint, un séchoir à la main. Vous n'êtes pas un passager clandestin à bord d'un avion, que je sache, fit-il, moqueur.

— Je ne voulais pas que ma présence vous embarrasse.

— Vous pensez que la réputation d'un homme est mise en cause s'il y a une femme dans sa chambre?

— Je ne sais pas. Je n'ai jamais été dans la chambre d'un homme... en tout cas, pas dans de pareilles circonstances!

Elle avait parlé distraitement, absorbée dans la recherche d'un peigne et d'une brosse. Elle se mit à réfléchir, agacée de tant de railleries de sa part.

— C'est vrai, j'ai été un peu naïve en me cachant ainsi. Réflexion faite, je suppose au contraire que la simple présence d'une jeune fille de vingt-trois ans ne doit pas nuire à votre réputation. Cela prouve certainement qu'un homme a du succès et... dans tous les domaines!

— Vous ne manquez pas de repartie! Je suppose que vous avez plus d'une expérience en la matière? riposta-t-il, le regard incisif.

— Non, monsieur, aucune.

Sans cesser de l'observer, il s'approcha d'elle.

Pour sécher plus rapidement son corsage, Alicia avait défait les premiers boutons et il s'ouvrait à présent dans un décolleté beaucoup trop profond à son goût.

Elle allait replacer rapidement les boutons, quand elle se ravisa : la lettre de Jake lui revenait en mémoire. Todd Alexander lui reprocherait-il à son tour son allure de jeune fille puritaine? Malgré sa gêne, elle décida de rester ainsi et se mit en quête d'une prise pour le séchoir.

— Une femme aussi attirante que vous ne peut pas atteindre vingt-trois ans sans jamais avoir été aimée!

Moitié par jeu, moitié par défi, Alicia rétorqua :
— Puisqu'il s'agit là d'un constat de votre part et non d'une question, je n'ai pas besoin de répondre, n'est-ce pas ?

Sur ces mots, elle entreprit de se sécher les cheveux. Enfin, sous le souffle de l'appareil, ils reprenaient forme ; ses boucles retrouvèrent leur place une à une, auréolant son beau visage plein et régulier. Elle resta assise un long moment sur le lit, le bourdonnement de l'appareil résonnant encore dans ses oreilles. Il n'y avait aucune provocation dans son attitude : Alicia s'était simplement perdue dans son monde intérieur, assaillie à nouveau par sa peine.

Ce n'est que lorsque Todd Alexander lui parla qu'elle se rappela sa présence ainsi que l'endroit où elle se trouvait.

Pour la troisième fois ce jour-là, il lui demanda :
— Quelque chose ne va pas ?

Alicia s'aperçut que son imagination l'avait transportée chez elle, sur son propre lit où elle se blottissait dans les bras de Jake. Elle fit un effort surhumain pour se ressaisir.

— Mais non, tout va très bien, au contraire ! Je vais m'en aller maintenant.

Il souleva le combiné de l'interphone et réserva une table pour deux.

— Mon Dieu, vous attendiez quelqu'un !
— C'est *vous*, mon invitée, répondit-il lentement.

2

Alicia sentit la colère gronder en elle : Todd Alexander ne lui avait même pas demandé son avis! Blessée par son manque de tact, elle allait refuser quand les paroles de Jake lui revinrent en mémoire : « allons au restaurant »... Non, cette fois, elle ne refuserait pas.

— C'est très gentil à vous, monsieur. J'accepte avec plaisir, répondit-elle gracieusement.

— Le plaisir sera pour moi, fit-il froidement.

Même son sourire manqua de sincérité. « Il veut être poli, songea-t-elle. En tout cas, s'il joue la comédie, je suis encore meilleure que lui à ce jeu-là! » Irritée, Alicia chercha à revenir sur sa décision.

— Tout compte fait, je préfère rentrer chez moi. Je suis très fatiguée et... je ne suis guère présentable.

— Vous êtes suffisamment présentable.

« Présentable! » Il avait parlé sur un ton neutre ne suggérant pas qu'elle fût « gaie » ou « pleine de vie ». « Je dois vraiment paraître guindée aux yeux de tous les hommes, y compris de Todd Alexander », songea Alicia, complètement démoralisée. Son regard erra pensivement autour de la chambre et s'arrêta sur un cadre destiné à des photos, posé sur la table de nuit. Suffoquée, elle ne vit dedans que le vague reflet de son propre visage, renvoyé par le verre.

— Ce cadre vide, Miss Granger, est là pour me rappeler qu'on ne peut jamais faire confiance aux femmes! expliqua-t-il doucement.

— Vous voulez dire, hésita-t-elle, qu'il y a eu une femme dans votre vie... qu'elle vous a trahi au point que vous condamnez aujourd'hui toutes ses semblables? Qu'elle...

Alicia s'arrêta net en voyant Todd Alexander froncer ses grands sourcils noirs.

— Qu'elle s'amusait à sortir avec un homme alors qu'elle était fiancée à un autre, acheva-t-il à sa place.

— Vous voulez dire que c'était *vous,* son fiancé?

— Cela a l'air de vous étonner?

Il avait repris son attitude sarcastique. Alicia se demanda si elle oserait exprimer le fond de sa pensée. L'autorité qui se dégageait de cet homme l'impressionnait. N'était-il pas son patron? Mais après tout, elle était « son invitée »!

— Eh bien, hasarda-t-elle, vous vous montrez toujours si distant, si froid, que je ne pouvais vous imaginer... amoureux! Je veux dire que... vous êtes très réservé. Même depuis que je suis ici, il m'est impossible de deviner ce que vous pensez. Oh! Ne me soupçonnez pas d'ingratitude pour tout ce que vous avez fait ce soir, mais...

Alicia recula et s'humecta les lèvres. Elle aurait voulu se taire, mais sa sincérité l'emporta.

— Vous êtes comme un homme pris par la glace! Oh non, monsieur! Ne pensez pas que je vous encourage à...

Il venait de la prendre brutalement aux épaules. Il la serra douloureusement : Alicia fut saisie de panique.

— Je... je ne faisais que dire la vérité. Je ne suis pas la seule à penser cela... Tout le monde au bureau trouve que...

Il l'attira vers lui, ses yeux bruns étincelant de colère.

— Eh bien! Vous allez pouvoir les détromper! siffla-t-il.

Paralysée par son étreinte, elle cria désespérément :
— Non, non, ce n'est pas ce que j'ai voulu dire!
— Je sais ce que vous avez voulu dire.

Avant qu'elle n'ait pu détourner son visage, il lui prit farouchement les lèvres. Ses doigts, pressant tout d'abord la nuque de la jeune fille, glissèrent peu à peu jusqu'à ses tempes, puis ses joues, dans une caresse sensuelle.

Alicia découvrait chez cet homme bien autre chose que de la colère : de son corps émanait une chaleur, un bien-être qui firent naître en elle une sourde émotion. Bouleversée, elle ne put s'empêcher de l'enlacer tendrement.

Quand, soudain, il la relâcha, elle surprit la fureur brillant à nouveau dans ses yeux bruns. Elle allait lui crier qu'elle n'était pas ce genre de fille, qu'il n'avait aucun droit de l'embrasser ainsi, mais en un éclair, elle revit la lettre de Jake : « elle aime sortir et beaucoup d'autres choses encore... » Alicia fit taire son indignation, contint ses larmes, et afficha un large sourire.

— C'était vraiment formidable, murmura-t-elle d'un air extasié. Je vais pouvoir déclarer aux autres femmes à quel point elles se trompent à votre sujet!

Pendant quelques secondes, les traits de Todd Alexander se crispèrent; puis il se retrancha derrière une froide indifférence.

Sans mot dire, ils gagnèrent la salle à manger.

La pièce parut à la jeune fille aussi vaste qu'une église. D'immenses miroirs, ornés de fines ciselures dorées, décoraient des murs tapissés de velours rouge. Des tables rondes de toutes tailles disparaissaient sous leur nappe blanche damassée. Le cristal et l'argenterie scintillaient à la lumière de lustres vénitiens. De larges corbeilles de fruits multicolores apportaient à l'ensemble une agréable touche de gaieté.

Alicia prit place timidement à l'endroit que lui indiqua son hôte.

— Vraiment, je me demande pourquoi vous m'invitez à dîner! Si vous vous faites une aussi piètre opinion des femmes, pourquoi choisir de consacrer vos heures de liberté à l'une d'entre elles et... à moi en particulier?

Impassible, Todd Alexander finit de lire le menu, puis, levant la tête, il lui sourit durement.

— A vrai dire, je ne sais pas, Miss Granger! C'est sans doute la rançon pour le baiser que vous m'avez donné.

— Mais vous avez réservé la table avant que nous... En tout cas, ce n'est pas moi qui vous ai embrassé. C'est vous... vous m'avez contrainte!

Il s'adossa sur son siège et l'observa attentivement. Une lueur moqueuse brillait dans ses prunelles, démentant son apparence sévère.

— Au début vous étiez peut-être un peu... réticente. Mais, vous avez changé d'avis en cours de route! C'est même moi qui me suis dégagé de vos bras. N'est-ce pas, Miss Granger?

— C'était involontaire, répliqua-t-elle, piquée au vif par sa raillerie. Moi, voyez-vous, je suis un être normal, animé de chaleur humaine. Y a-t-il quelque chose d'étrange à ce que se manifestent en moi des sentiments féminins?

— C'est une nouvelle provocation? lança-t-il, menaçant.

Il s'apprêta à prendre sa chaise pour venir s'asseoir à ses côtés. Effrayée, Alicia crut qu'il allait de nouveau l'embrasser. Quel individu sauvage, barbare, se dit-elle, même ici...

— Votre choix est-il fait, mademoiselle? s'enquit courtoisement le maître d'hôtel, mettant fin aux supputations de la jeune fille.

Soulagée, Alicia énuméra lentement la liste de plats raffinés, choisissant ce que le restaurant offrait de plus original.

Quand le maître d'hôtel fut reparti, Todd Alexander jeta sur elle un regard narquois.

— Vous semblez avoir retrouvé votre appétit?

— Tout à l'heure, sous la pluie, ces mets délicats me tendaient les bras; malheureusement, mon compte en banque a fait opposition!

— Vous auriez pu chercher ailleurs, remarqua-t-il sèchement. Vous aviez donc entendu dire que j'étais descendu dans cet hôtel?

Le beau visage régulier d'Alicia se crispa. Un pli amer durcit ses lèvres douces, légèrement sensuelles.

— C'est la seconde fois que vous m'insultez ce soir! Eh bien, détrompez-vous! Si j'avais su que vous habitiez là, je me serais enfuie à cent lieues d'ici!

— Puis-je savoir quelle était la première insulte?

— Le baiser.

Il éclata de rire.

— J'ai souvent entendu des femmes décrire des baisers, mais encore jamais de cette façon! J'espère au moins que « l'insultée » y a pris plaisir! Que voulez-vous boire? Du Bordeaux, du Bourgogne? fit-il après avoir marqué une pause.

— Je n'ai rien à fêter! lâcha Alicia, regrettant aussitôt son attitude caustique.

Rassemblant ses esprits, elle se résolut à changer de ton. Avec une vitalité débordante, elle engagea la conversation.

— C'est incroyable de me retrouver ici, en train de dîner avec mon employeur! Je dois confesser que cela ne m'était jamais arrivé auparavant!

Elle choisit d'ignorer l'air narquois de Todd

Alexander et se mit à le questionner gaiement sur une quantité de sujets à la fois. Faisait-il du sport, avait-il des passe-temps, aimait-il le cinéma? Elle lui laissait à peine le temps de répondre!

La jeune fille mondaine qu'elle voulait être, s'inventa mille activités nouvelles : l'équitation, la lecture, la peinture... Todd Alexander la considérait pensivement.

N'était-ce pas ainsi que devait se conduire une jeune femme sûre d'elle, expérimentée? se demanda Alicia. Si Jake avait pu la voir ce soir, il ne l'aurait certainement pas reconnue! A cette pensée, sa gorge se noua et la tristesse l'envahit.

— La nourriture vous déplaît?

— Oh mais non! C'est délicieux, s'écria Alicia, les yeux brillants comme si elle avait bu du champagne.

Elle s'inquiéta : il semblait guetter la moindre de ses réactions. « Combien de temps vais-je pouvoir tenir? » se demanda-t-elle, affolée.

Chassant sa mélancolie, elle se remit à bavarder avec insouciance. Tout au long du repas, elle s'acharna à maintenir la conversation. Les silences l'angoissaient : ils étaient autant de tremplins d'où pouvait rebondir sa véritable personnalité.

Quand arriva le café, elle sentit ses forces l'abandonner. Elle ferma les yeux un instant. Lorsqu'elle les rouvrit elle crut voir Jake assis devant elle. Etait-ce la fatigue qui lui jouait des tours?

Tenant toujours sa tasse à la main, elle regarda fixement l'homme en face d'elle. Il avait une expression indéchiffrable comme si elle lui était étrangère. « C'est bien cela, se dit-elle, c'est Jake... il ne m'aime plus. »

Alicia entrouvrit ses lèvres tremblantes comme pour s'écrier :

— Qu'est-ce qui ne va pas? Est-ce parce que je suis trop sérieuse que tu ne m'aimes pas? D'accord, c'est vrai, je n'accepte pas n'importe quoi, n'importe comment... Je ne veux pas qu'on m'aime seulement pour mon corps et ma beauté. Enlève la tendresse à l'amour et il ne reste rien que des actes égoïstes...

Les paupières d'Alicia ne pouvaient plus contenir ses larmes. Quelqu'un lui prit des mains sa tasse de café. Elle cacha son visage mouillé dans ses mains.

— Je suis désolée, s'entendit-elle balbutier. Je vous ai gâché votre soirée. C'était si gentil de votre part de m'offrir ces plats délicieux et ce bon vin. Mais...

— Vous n'avez pas pris de vin, rectifia-t-il d'une voix grave et compréhensive. Allons, remettez-vous, ajouta-t-il doucement.

— Mon visage... Il faut que je sèche mon visage.

— Ne vous inquiétez pas. Personne ne nous regarde : tout le monde est bien trop occupé à manger! Tenez..., dit-il en lui tendant un mouchoir, je vais régler l'addition.

Il revint quelques minutes plus tard, l'aida à enfiler son manteau et, lui prenant le bras, l'amena jusqu'à sa voiture.

La fraîcheur de la nuit fit émerger Alicia de son cauchemar.

— Déposez-moi à la prochaine bouche de métro. Je peux prendre le dernier train.

— Il n'en est pas question. Où habitez-vous?

— Au nord de Londres, murmura-t-elle.

Trop fatiguée pour le contredire, elle s'assit, se cala la nuque sur l'appui-tête et ferma les yeux. La présence de Todd Alexander, tout près d'elle, la sécurisa et peu à peu, elle se détendit.

Quand elle rouvrit les yeux, la voiture s'était immobilisée. Dehors, les rues, faiblement éclairées par les réverbères, étaient désertes.

— Nous sommes presque arrivés, observa son compagnon. Mais il me faut l'adresse exacte.

Alicia se redressa et s'excusa. Elle ouvrit sa

portière mais une main se posa fermement sur son bras.

— Qui est Jake? lui demanda Todd Alexander.

Suffoquée, elle resta un long moment sans pouvoir prononcer une seule parole.

— Comment êtes-vous au courant pour Jake? souffla-t-elle.

Il s'était penché sur elle mais dans la pénombre, elle ne put distinguer ses yeux.

— Vous m'avez parlé de lui quand nous buvions le café.

— Non, c'est impossible. Je n'ai fait qu'y songer. Vous ne pouvez pas lire dans mes pensées! s'écria-t-elle, saisie de panique.

— Vous pensez tout haut. Vous m'avez demandé ce qui me déplaisait en vous... Si c'était votre sérieux. Vous avez dit que vous ne conceviez pas l'amour sans la tendresse.

— Mon Dieu! gémit-elle en se couvrant le visage à nouveau. C'était à Jake que je devais parler... Je pouvais le voir assis à votre place...

— Trois fois je vous ai vue pleurer aujourd'hui : d'abord au bureau, ensuite devant l'hôtel...

Alicia secoua vivement ses longs cheveux blonds.

— C'était la pluie... pas des larmes, nia-t-elle, au comble du désespoir.

— Je crois ce que mes yeux voient. J'ai vu vos larmes pour la troisième fois quand vous preniez votre café. J'ai fait aujourd'hui une expérience étrange, poursuivit Todd Alexander. C'est la première fois que je dîne en compagnie de deux femmes... Deux femmes en une seule! L'une avait un sourire faux et un éclat artificiel dans les yeux. Cette femme bavardait, s'agitait, dansait comme si quelque magicien invisible l'avait transformée en pantin! L'autre, avait les lèvres tremblantes et les yeux voilés comme un ciel de mars. Il y avait même, nichée quelque part, une troisième personnalité... mais nous discuterons de cela plus tard.

Pendant qu'il parlait, ses doigts jouaient dans les boucles d'Alicia, s'égarant par instants sur ses joues.

— Laquelle est vraiment vous, mon amie?

« Son amie? » Sans pouvoir se l'expliquer, Alicia en fut secrètement blessée. Elle répliqua sauvagement :

— La deuxième, la femme misérable, toujours à la dérive. Celle qui est trop sérieuse, qui n'aime ni danser, ni sortir dans les night-clubs...

Elle ne pouvait plus contenir ses larmes. Elle repoussa le mouchoir qu'il lui tendait mais bientôt, épuisée, lassée de sa solitude, elle posa sa tête contre la poitrine de l'homme qui l'avait si vite percée à jour. A travers sa chemise, tout contre sa joue, elle sentit ses muscles puissants tressaillir. Entre deux sanglots lui parvenaient les battements sourds de son cœur.

Les bras qui l'entouraient dégageaient une force et une tranquillité telle, qu'Alicia reprit peu à peu confiance en elle.

— Jake est votre ami, n'est-ce pas?

— « Etait », marmonna-t-elle. Il en a trouvé une autre.

— Et il vous a dit combien elle était gaie, toujours conciliante et disponible alors que vous...

— Vous comprenez vite, grommela-t-elle.

— Peut-être parce que j'ai moi-même souffert d'une situation semblable.

C'était vrai, songea Alicia, se remémorant le cadre vide.

— Mais vous êtes un homme. Vous êtes mieux armé qu'une femme contre les chocs émotionnels.

— Vous voulez rire? Ou alors, c'est que vous savez bien peu de choses sur les hommes!

— Sans doute ; mais regardez comment vous êtes :

vous m'avez dit que le cadre vide signifiait que vous n'aviez plus confiance dans les femmes. Moi, je peux encore espérer croire à un homme. Par exemple, je ne pourrais douter de votre intégrité bien que vous m'ayez embrassée si violemment tout à l'heure.

— Je n'ai senti en vous aucun dégoût, fit-il sèchement. Je me souviens même d'avoir retiré vos jolis bras de mon cou, Miss Granger!

Le visage de Todd Alexander s'était à nouveau fermé; une moue cynique relevait le coin de ses lèvres.

— Pourquoi êtes-vous aussi amer? demanda brusquement Alicia en se redressant.

— Peut-être, expliqua-t-il en reboutonnant sa veste, parce qu'un homme ne pleure pas... C'est sans doute sa seule défense contre ces chocs émotionnels dont vous parliez.

Il remit le contact et la reconduisit chez elle, sans dire un mot.

Quand ils furent arrivés, Alicia le remercia vivement de cette soirée et de toute la compréhension qu'il avait manifestée à son égard. Comme elle descendait, il fit le tour de la voiture et l'examina froidement.

— Je prendrai volontiers une tasse de café, Miss Granger.

Confuse de ne pas lui avoir proposé la première, Alicia l'invita à entrer. En ouvrant la porte de l'appartement, elle s'aperçut que ses mains tremblaient. Qu'attendait-il d'elle? Voudrait-il obtenir ce qu'elle avait toujours refusé à Jake?

Pour l'instant, Todd Alexander détaillait attentivement la pièce. Elle fut soulagée de saisir son regard admiratif : visiblement, l'élégance des meubles, la délicatesse des couleurs lui plaisaient.

Soudain, il se retourna vers elle en haussant les sourcils.

— Voilà un nid bien douillet pour une jeune femme, Miss Granger!

Le timbre de sa voix était glacial. Interloquée par l'audace de sa réflexion, Alicia lui répliqua vertement :

— Qu'entendez-vous par là? Que mon ami — mon amant, pensez-vous — m'entretient? Vous vous demandez quel prix je paie pour ce joli petit « nid douillet »? Voulez-vous que je vous dise quelque chose, monsieur Alexander? Votre méfiance maladive envers les femmes, juste à cause de vos chagrins d'amour, m'écœure!

Jetant son sac et son manteau sur le lit, Alicia donna libre cours à sa colère.

— Voulez-vous que je vous montre une photo de mon ami — de mon amant — devrais-je dire?

Elle courut dans sa chambre et revint avec un cadre en argent.

— Voilà Jake! N'a-t-il pas l'air d'un homme mûr, riche et élégant avec son gros cigare?

Sur la photo on pouvait voir un jeune étudiant barbu, les cheveux en broussaille.

— Et si vous regardez bien, fit Alicia en martelant chacun de ses mots, vous verrez peut-être sa chemise usée et son blue-jean délavé.

Elle était à bout de nerfs. D'un geste violent, elle brisa le verre, extirpa la photo et la déchira en mille morceaux.

— Oui, oui, à présent je le déteste, lui et... tous les hommes, cria-t-elle avec véhémence.

Respirant avec peine, elle contempla ses mains. Elle s'était blessée et le sang coulait lentement entre ses doigts. Trop bouleversée pour se soigner, elle chercha les mots les plus durs possibles, à l'attention de cet homme qui restait là, les mains enfouies dans les poches, sans broncher.

— Non, lui lança-t-elle, je ne deviendrai jamais

comme vous. Je ne serai pas un monstrueux bloc de glace, indifférente aux hommes, comme vous, vous l'êtes avec les femmes !

Un silence de mort plana sur eux. Todd Alexander avait gardé tout son sang-froid, comme si une mystérieuse barrière le mettait à l'abri de toute agression. Il se mit à parler sur un ton impersonnel.

— Vous sentez-vous mieux à présent que vous vous êtes laissé aller à ces gestes impulsifs ? Cela vous soulage donc, de vous punir ainsi ? Mais dites-moi, Miss Granger, quand cesserez-vous d'attribuer à mes propos des intentions que je n'ai jamais eues ?

Sans attendre sa réponse, il lui prit les mains et examina les coupures.

— Avez-vous de quoi vous soigner ?

Alicia soupira et partit chercher le nécessaire. Quand elle revint, ils s'assirent côte à côte sur le canapé-lit et il entreprit de lui nettoyer les plaies et de lui mettre des bandages.

Il paraissait si absorbé à la panser, qu'Alicia leva les yeux vers lui et se risqua à examiner son visage.

Jamais elle n'avait vu un profil aussi beau : il était parfaitement proportionné comme si quelque nombre d'or l'avait façonné. La jeune fille était perplexe : la finesse et la régularité de ces traits contrastaient singulièrement avec l'âpreté de son caractère.

Soudain, il leva la tête et la surprit en train de l'observer. Troublée, elle se hâta de rompre le silence.

— Pensiez-vous vraiment que j'étais ici chez mon ami ? Que je me faisais « entretenir » ?

Il eut un sourire indéfinissable. Sans se presser, il lui répondit :

— Je n'ai pensé rien de plus que ce que je vous ai dit, Miss Granger... que c'était un logement confortable.

— Mais vous sous-entendiez autre chose. Vous...

— Etes-vous propriétaire ? coupa-t-il.

— C'est l'appartement de mes parents. Mon père voyage beaucoup à l'étranger pour ses affaires, et ma mère l'accompagne. Je reste alors seule ici. C'est...

— C'est ce qui explique l'air luxueux de cet endroit : une simple employée comme vous ne pourrait se payer un tel faste...

Ces dernières paroles humilièrent cruellement la jeune fille. C'était donc bien cela, songea-t-elle avec dépit : sa première pensée avait été qu'une simple employée comme elle, ne pouvait que vivre aux crochets d'un homme !

— C'est ainsi, de nos jours, n'est-ce pas, Miss Granger ? Vivre ensemble, s'aimer, peut-être même se marier. Deux années passent, avec un peu de chance trois ou quatre, et vient le divorce !

— Vous êtes cynique jusqu'à la racine des cheveux ! cria-t-elle, exaspérée.

Il haussa ses épaules et eut un petit rire :

— Non... seulement réaliste. Ne mélangez pas tout. Et puis, quelle importance...? J'ai fait vœu de ne jamais me marier. Mais si un jour une femme me propose les joies de la vie commune sans les inconvénients du mariage, j'accepterai, sans hésiter.

Alicia partit dans la cuisine préparer du café ; elle ne souhaitait qu'une seule chose : que Todd Alexander s'en aille. Mais il la suivit. Ne voulant plus lui parler, elle feignit de se concentrer sur le moulin à café, la cafetière, le filtre, l'eau frissonnante. Elle allait prendre le plateau quand il la saisit aux épaules.

Pour la première fois elle entendit sa voix chaleureuse et sincère :

— Nous sommes de la même étoffe, Alicia. J'ai traversé le même enfer que vous. Je m'en suis sorti. Je vous garantis que vous vous en remettrez aussi.

Délicatement, il lui prit le menton et approcha son

visage du sien. Les yeux pleins de larmes, elle lui sourit.

— Cette fois, c'est bien vous que je vois et non pas Jake, murmura-t-elle.

— Eh bien, vous voilà sur la bonne voie, plaisanta-t-il en regardant sa bouche.

Quand il pressa ses lèvres sur les siennes, son baiser fut tendre, plein d'espoir.

Des sensations nouvelles envahirent Alicia, comme si une femme inconnue se réveillait en elle.

Ce soir-là, Todd Alexander ne chercha plus à l'embrasser; mais, longtemps après son départ, Alicia sentait encore le goût de son baiser. Elle alla se regarder dans le miroir de la salle de bains : était-ce bien elle? Elle se sourit.

Pourtant, au fond d'elle-même, elle eut le pressentiment que les promesses contenues dans le baiser de Todd ne se réaliseraient jamais.

Le lendemain matin, Alicia partit de bonne heure à son travail. Elle appréhendait l'arrivée de Todd Alexander au bureau : comment se conduirait-il avec elle? La regarderait-il avec indifférence comme si la soirée qu'ils avaient passée ensemble n'avait été qu'un caprice?

Alicia éloigna d'elle ces sombres pensées pour se concentrer sur son travail.

M. Seager, l'associé de Todd Alexander, vint lui annoncer que ce dernier serait absent toute la journée pour affaires. En apprenant cette nouvelle, la jeune fille n'aurait pu dire quel sentiment l'emporta en elle : le soulagement ou la déception!

— Toutes mes lettres sont-elles prêtes, Miss Granger? s'enquit M. Seager sur un ton anodin.

Absorbée par les événements qui venaient de bouleverser sa vie, elle lui tendit machinalement le courrier. « Si M. Seager pouvait lire mes pensées!

C'est un peu grâce à ses lettres que j'ai pu faire la connaissance de Todd ! » se dit-elle en riant sous cape.

Mais son patron était tout entier à la réunion qui l'attendait. Rapidement, il lui laissa ses directives.

— Je suis arrivé tôt ce matin pour dicter au magnétophone une autre série de lettres. Quand vous les aurez finies, vous trouverez des rapports écrits à la main, dans le tiroir du haut de mon armoire métallique. Euh...

Il s'interrompit en voyant arriver les autres employés. Apparemment, il ne voulait être entendu par personne d'autre qu'Alicia. Il se pencha vers elle en baissant la voix.

— La clef de l'armoire est enfermée dans le premier tiroir de ma table. Voici la clef de mon bureau... Faites attention, Miss Granger, ces documents sont strictement confidentiels. Ne laissez aucun autre de vos collègues en prendre connaissance, à part, bien sûr, M. Alexander qui les a déjà lus. Puis-je vous faire confiance ?

Alicia fit un signe de tête affirmatif.

— N'en soufflez mot à personne, insista-t-il. J'aurais voulu vous mettre au courant plus tôt, mais j'ai été pris par le temps.

Il soupira et se hâta de sortir. Alicia était perplexe : cette responsabilité inattendue l'inquiétait. Il eût été préférable qu'elle puisse s'en entretenir seule avec son directeur, dans son bureau. Plusieurs employés, se trouvant non loin d'elle, auraient pu surprendre leur conversation. Décontenancée, elle se mit à taper.

— Bonjour, Alicia ! fit une voix derrière elle. La jeune fille sursauta. Tournant la tête, elle reconnut Léonard Richardson, l'un des ingénieurs de l'entreprise.

Ses cheveux noirs et drus étaient coupés très court ;

leur forme suivait méticuleusement le contour de ses oreilles qu'il avait petites et légèrement décollées. Un costume beige, démodé, flottait sur les épaules du jeune homme comme s'il avait brusquement maigri.

Alicia mangeait souvent avec lui le midi : elle appréciait sa présence discrète et pouvait se détendre en sa compagnie sans avoir à ressasser les problèmes du travail. Ils n'avaient d'ailleurs pas fait connaissance chez « Alexander et Cie ». Avant qu'elle ne déménage, ils habitaient le même immeuble. Elle finissait ses études quand, un matin, Léonard était venu l'avertir qu'une secrétaire de l'entreprise allait donner sa démission et qu'Alicia pouvait peut-être la remplacer. Elle s'était donc présentée et on l'avait engagée dès le premier entretien.

— Vous déjeunez avec les autres? lui demanda timidement Léonard.

— Retrouvons-nous à l'endroit habituel, répondit-elle sans détours, amusée par le style indirect de la proposition de son collègue.

Quand elle eut fini ses classements, elle rejoignit Léonard.

Ils parlèrent tout d'abord de choses et d'autres mais au bout d'un moment, la conversation menaça de tourner court. Alicia le sermonna gentiment.

— Vous passez trop de temps seul ; vous avez fini par oublier comment parler aux êtres humains !

— J'ai un naturel timide ; comme je ne vais pas vers les autres, ils ne viennent pas vers moi, murmura-t-il, l'air contrit.

— Sauf moi !

Alicia chercha à lui remonter le moral. Elle connaissait trop bien la solitude pour ne pas comprendre ce qu'il éprouvait. Du reste, elle devait être la seule personne à qui il pût se confier.

— Vous vous attristez sur votre sort, Léonard? fit-elle, taquine.

A sa grande surprise, il se mit à parler fébrilement, dévoilant un côté de son caractère resté jusque-là dans l'ombre.

— Comment réagiriez-vous si vous faisiez un travail bien au-dessous de vos qualifications? Ils me laissent moisir dans des tâches routinières où mes connaissances d'ingénieur sont inutiles. Ils me traitent en petit dessinateur de notices techniques!

Il se pencha vers elle, le visage curieusement animé.

— Ils sont sur quelque chose, Alicia! J'ai entendu M. Seager vous parler d'un rapport secret! De quoi s'agit-il?

Stupéfaite, Alicia écarquilla les yeux : il avait donc surpris leurs propos!

— C'est confidentiel, répliqua-t-elle un peu sèchement en se levant pour partir.

Sur le chemin du retour, ils n'échangèrent que peu de paroles. Alicia réfléchissait : « Comment taper ces rapports, sans que Léonard en prenne connaissance? »

Même lorsqu'elle se fut assise devant sa machine à écrire, elle n'avait toujours pas trouvé la solution. Elle fouilla dans son sac à main pour chercher son poudrier. Dans l'arrondi du petit miroir, elle aperçut Léonard en train de l'observer. Dès qu'il baissa les yeux sur son travail, elle plongea sa main dans le fond de son sac et sortit vivement la clef que lui avait remise M. Seager.

Prenant la pile de lettres, elle se rendit discrètement dans son bureau. « Quel dommage que je ne puisse m'y enfermer! » se dit-elle. Un vague pressentiment l'agitait : pourquoi lui avait-on confié ce travail? Il n'y avait pourtant pas lieu de s'étonner puisque la secrétaire de direction venait de quitter l'entreprise : il n'était pas anormal qu'Alicia la remplace. Malgré tout, elle ne pouvait vaincre son malaise.

Elle alla prendre les documents et chercha un endroit où s'installer. Malheureusement, la machine à écrire se trouvait dans le bureau de Todd Alexander...

Alicia prit une décision rapide : comme il était absent, elle pourrait y taper les rapports sans éveiller les soupçons de Léonard ni des autres employés.

Elle entra dans la pièce sur la pointe des pieds, comme si elle allait y surprendre quelqu'un ou... être surprise elle-même en flagrant délit!

« En flagrant délit de quoi? » songea-t-elle en riant de ses frayeurs.

Chassant ses appréhensions, Alicia se mit au travail. Ce ne fut qu'à la troisième page qu'elle commença à saisir la signification des documents. Elle s'interrompit pour parcourir rapidement l'ensemble du dossier.

Il y avait de nombreux schémas accompagnés d'explications techniques trop ardues pour son niveau de connaissances. Néanmoins, elle put comprendre l'essentiel.

Il s'agissait du bilan de recherche sur un prototype automobile. L'engin était baptisé « Long Ranger ». Electrique, il était muni d'une batterie d'un caractère nouveau : elle pouvait en effet alimenter le véhicule sans qu'il fût nécessaire de la recharger souvent. « Long Ranger » jouissait ainsi d'une grande autonomie.

Si le projet réussissait, il serait alors possible d'accroître la vitesse de la voiture, dont les performances techniques étaient déjà par ailleurs très élevées. Ce nouveau modèle semblait avoir été mis au point par l'entreprise « Sander ». Ce nom intrigua Alicia. Tout à coup, elle s'aperçut qu'il n'était que la terminaison du mot « Alexander ». Etait-ce une coïncidence ?

Elle acheva rapidement sa lecture. Elle allait se remettre à taper quand elle entendit la porte s'ouvrir. Immédiatement, elle songea à Léonard : il venait sûrement l'épier !

— Non, Léonard ! cria-t-elle.

Elle se coucha sur sa machine pour l'empêcher de regarder.

— Vous n'avez pas le droit, fit-elle d'une voix résolue.

— Je n'ai pas le droit de quoi faire ?

Alicia pivota sur son siège et ses yeux rencontrèrent le regard furieux de Todd Alexander. Il claqua la porte et s'approcha d'elle à pas rapides.

— Monsieur... M. Seager a dit que vous étiez parti pour la journée, alors...

— Qui vous a donné la permission de travailler dans mon bureau ?

— P... personne, bégaya-t-elle.

Alicia resta figée sur place : elle s'attendait à ce que d'un geste de la main il lui indique la sortie, la renvoyant de l'entreprise sur-le-champ.

Il lui faudrait se défendre le mieux possible. Mais même si elle lui disait la vérité, la croirait-il ?

Il se tenait tout près d'elle, la dominant de sa haute taille. Elle devinait les poings serrés, enfoncés dans ses poches.

— Alors, il aura suffi d'une soirée passée ensemble pour que vous vous imaginiez pouvoir régner en maître ici ? Pour que vous vous installiez tranquillement dans mon bureau, sans rien demander à personne ? Mais je vous en prie... faites comme chez vous ! grinça-t-il.

— Hier soir n'a rien à voir dans cette affaire, répondit fermement Alicia.

Elle ne put s'empêcher de se demander si après

tout, Todd Alexander n'avait pas — en partie — raison. Inconsciemment, elle avait dû prendre plaisir à se retrouver dans son bureau! Le cœur battant, elle poursuivit néanmoins d'un ton décidé.

— Ces rapports m'ont été remis ce matin par M. Seager. Il m'a laissé entendre que personne, personne d'autre que vous, ne devait être au courant de leur existence. Ils sont strictement confidentiels. Ils...

— Ils le sont, en effet, coupa-t-il sèchement.

— Je me suis installée ici, craignant que...

A ce stade, Alicia s'interrompit. Elle ne pouvait pas — au risque de compromettre Léonard — raconter qu'il avait eu vent de l'affaire.

— Craignant que...? insista son directeur.

— Je pensais que si quelqu'un s'approchait de moi pour me demander un renseignement, je n'aurais pas le temps de cacher le rapport. Le dissimuler aurait été pire encore : c'était la preuve que j'avais quelque chose à cacher!

— C'est bon, message reçu, fit-il, apparemment calmé. Le seul point qui reste à éclaircir, Miss Granger, est votre installation ici, et non dans le bureau de M. Seager.

La réponse était si facile qu'Alicia ne put réprimer un large sourire.

— Il n'y a pas de machine à écrire dans son bureau.

— Faites-moi grâce de votre sourire étincelant! C'était suffisamment pénible hier soir de dîner en compagnie de deux femmes... Je ne tiens pas à travailler avec deux secrétaires!

— Alors, ma présence ici ne vous dérange pas?

Il poussa un profond soupir.

— Etant donné les circonstances... De toute manière, je n'ai pas le choix! Mais dites-moi, comment vont vos « blessures »?

Alicia ouvrit les mains :

— La droite ne me fait plus mal; la gauche, par contre, est encore très sensible. Mais, ajouta-t-elle vivement, cela ne m'empêche pas de travailler.

— Merci pour cette lapalissade, fit-il, moqueur, en jetant un coup d'œil à la pile de feuilles déjà dactylographiées.

Elle accueillit son ironie de mauvaise grâce. Bien sûr, il détestait les femmes. Mais pourquoi elle? Elle ne lui avait fait aucun mal... Alicia repensa au cadre vide qu'il lui avait montré à l'hôtel. Non, il valait mieux ne pas espérer le faire changer d'avis sur la question : autant lui demander de ramasser des épingles avec des gants de boxe!

3

Il fallut tout l'après-midi à Alicia pour terminer les rapports. Todd Alexander n'avait pas quitté son bureau. De temps à autre, la sonnerie du téléphone retentissait et instinctivement, elle se précipitait pour aller répondre. Mais chaque fois, il la devançait, lui lançant un regard désapprobateur.

— A ce que je vois, on vous a bien conditionnée dans votre école de secrétariat : être toujours disponible envers son patron, courir sitôt qu'il vous demande... ou ne vous demande pas ; s'empresser de satisfaire ses moindres désirs...

— Tous ses désirs? interrompit innocemment Alicia.

Pris de court, il se tut un instant, puis, levant un sourcil, il la questionna :

— Vous me courtisez, Miss Granger?

— Jamais de la vie, je sais où est ma place!

— Ah oui? Eh bien, montrez-moi.

— Mais... Ici, naturellement, fit-elle en s'asseyant devant la machine à écrire ; à quel autre endroit aurais-je pu songer?

Une lueur de provocation passa dans les prunelles de la jeune fille.

Todd Alexander fit mine de se lever mais se ravisa. Les paupières mi-closes, il riposta :

— Venez ce soir dans ma chambre d'hôtel et je vous indiquerai votre place, Miss Granger !

Pour toute réponse, Alicia partit d'un rire cristallin.

— Allez-vous me demander laquelle des deux Alicia Granger je suis? se risqua-t-elle, tout en s'interrogeant jusqu'où elle pouvait pousser la plaisanterie.

— Aucune des deux. Et je ne pose jamais de questions auxquelles j'ai répondu par avance, statua-t-il avec un sourire énigmatique.

On entendit un bourdonnement de voix dans le couloir. Il était cinq heures, les employés rentraient chez eux. Alicia se leva pour partir.

— Les rapports sont terminés. Dois-je les remettre dans l'armoire de M. Seager?

— Non... laissez... Mais dites-moi, mon ami et associé, Henri Seager, semble avoir mis en vous une confiance illimitée !

Ses yeux se durcirent, son ton devint celui d'un homme d'affaires.

— J'espère que vous vous rendez compte à quel point ces projets sont décisifs pour notre société? Le secret doit être absolu. Seuls M. Seager, quelques ingénieurs et moi-même sommes au courant. Et... vous, à présent. Il est à souhaiter que mon associé n'ait pas fait fausse route en vous mettant dans la confidence.

Alicia blêmit. Pourquoi insistait-il aussi lourdement? La jugeait-il indigne de sa confiance?

— Ma parole est aussi bonne que la vôtre, monsieur! rétorqua-t-elle.

Elle était prête à se battre, ulcérée de tant de soupçons. Le silence de Todd Alexander la fit sortir de ses gonds.

— Alors pourquoi ne me faites-vous pas fouiller? lança-t-elle. Ce serait d'ailleurs une perte de temps.

Je mène une existence honnête et tranquille : sans intrigues, ni...

— ... Ni vie sentimentale, interrompit-il, sardonique.

— Rassurez-vous : je n'ai pas de micro sur moi, fit-elle en retroussant nerveusement ses manches.

— D'accord, chère Miss Granger. J'ai parfaitement compris ce que vous avez voulu dire.

Il vint vers elle d'un pas déterminé, et lui prit violemment le menton. Elle renversa légèrement la tête en arrière pour se dégager, mais la bouche de Todd Alexander fondit sur la sienne étouffant sa protestation. Elle ne put résister plus longtemps à la douce chaleur qui l'envahissait. Elle voulut le repousser mais ses bras ne lui obéissaient plus : ils se nouèrent autour de lui et bientôt on n'entendit plus que le souffle de leur respiration entremêlée.

Il relâcha brusquement son étreinte et Alicia recula, étourdie, les joues en feu, le cœur battant la chamade. Mais l'homme qu'elle dévisageait à présent était devenu de marbre. N'avait-il donc pris aucun plaisir à l'embrasser ? Avait-elle eu un geste malheureux, commis quelque crime pour qu'il la considère comme une étrangère ?

— Pour une femme abandonnée, vous êtes bien chaleureuse, Miss Granger. Il y a vingt-quatre heures à peine, vous étiez au désespoir ! N'était-ce pas vous qui parliez de chocs émotionnels, d'insensibilité masculine ? Je constate que vous avez battu tous les records : votre convalescence est... fulgurante. Je vous félicite, « mademoiselle ».

— Peut-être, vous ai-je pris pour Jake, s'écria-t-elle, cruellement blessée par l'humiliation qu'il lui infligeait.

— Ah oui ? fit-il d'une voix blanche. Vraiment ?

— Pourquoi m'avez-vous embrassée ? demanda-t-elle, préférant éluder sa question.

Un long silence lui répondit. Todd Alexander alla s'asseoir derrière son bureau, feuilleter des dossiers.
— Pour sceller notre accord, lâcha-t-il.
— Il n'y a pas eu d'...
— Si !
C'était vrai ; d'une façon violente, quasi barbare, il l'avait forcée deux fois à une redoutable étreinte.
— Comprenez-vous ? Ces documents sont ultra-secrets, fit-il en pianotant des doigts sur les dossiers.
— Je comprends, murmura-t-elle, revenant brutalement à la réalité.
Haïssant son statut de secrétaire, elle saisit son sac et s'apprêta à sortir.
— Tiens, voilà la jeune femme dépressive !
— C'est la véritable Alicia. L'autre n'est qu'une mascarade, fit-elle d'une voix étranglée.
— Alors, qui donc était dans mes bras tout à l'heure ?
— Quelqu'un que je ne connaissais pas moi-même !
Sur ces mots, Alicia sortit, refermant la porte dans son dos, sans même se retourner...

— Ah ! Vous voilà, Alicia ! Où donc étiez-vous passée hier après-midi ? Je vous ai cherchée partout !
C'est sur ces paroles peu aimables que Léonard accueillit sa collègue le lendemain matin.
Abasourdie, elle garda le silence. De quel droit lui parlait-il ainsi ? Il se conduisait comme un mari trompé ! Certes, c'était lui qui l'avait introduite chez « Alexander et Cie », mais de là à...
— Répondez-moi au moins ! s'impatienta-t-il, le visage courroucé.
— Je... je voulais un peu de tranquillité, bredouilla-t-elle, suffoquée.
Le jeune homme fit une moue incrédule. Alicia constata qu'il lui faudrait être plus convaincante si

elle voulait éviter d'autres questions. Si elle ne se dépêchait pas de calmer ses soupçons, il conclurait à l'existence des documents secrets. Peut-être, songeat-elle, horrifiée, que Todd l'accuserait alors de passer des informations...

— Avant-hier, j'ai reçu une lettre de mon ami, de mon ex-ami, rectifia-t-elle amèrement. Il m'a écrit qu'il était tombé amoureux d'une jeune étudiante, quelqu'un avec qui...

Elle ne put achever sa phrase : les mots douloureux de Jake lui nouaient la gorge.

— Je comprends, murmura Léonard dans un brusque élan de sincérité : je suis navré d'apprendre que de tels événements aient pu bouleverser votre vie.

Alicia se sentit soulagée : elle avait réussi à écarter le danger. Malheureusement, l'impression pénible de la lettre persistait; aussi se décida-t-elle à travailler d'arrache-pied.

Elle allait placer le papier à en-tête dans la machine quand elle entendit à nouveau Léonard lui parler.

— Qu'est-ce que cela ?

D'un geste du menton, il indiquait le pansement sur les mains d'Alicia.

— Oh! Ce n'est rien... Je me suis coupée sur un cadre à photo, pour vous dire la vérité...

— C'était le portrait de votre ami ?

— Léonard Richardson — Détective privé, s'esclaffa Alicia, à la fois amusée et agacée par la perspicacité de son interlocuteur.

Elle lui adressa un de ses sourires que Todd avait qualifié d'étincelant.

— Ce n'est pas une raison pour m'adresser vos sarcasmes! remarqua Léonard d'un ton pincé...

Il regagnait sa place, quand il revint sur ses pas, l'air préoccupé.

— En tout cas, je suis là, Alicia. Si je peux vous

aider, murmura-t-il en posant sa main d'un geste fraternel sur le bras de la jeune fille.

— C'est très gentil, Léonard ; la prochaine fois, je ferai plutôt appel à quelqu'un comme vous !

Alicia avait répondu spontanément à son camarade, touchée par sa gentillesse. Son attitude tranchait agréablement sur les continuelles humiliations de Todd ! Mais la signification de sa phrase n'échappa pas à Léonard.

— Chez qui donc avez-vous trouvé du réconfort, cette fois-ci ? questionna-t-il à brûle-pourpoint.

— Mon Dieu ! Votre esprit est rapide, reconnut-elle. Mais... pourquoi devrais-je vous raconter ma vie ?

— Quand vous aurez fini votre conversation, Miss Granger, je souhaiterais vous voir dans mon bureau, fit une voix sèche derrière eux.

A la remarque de Todd Alexander, les joues de la jeune fille s'empourprèrent.

— Maintenant, je sais de qui il s'agissait, murmura pensivement Léonard, remarquant le visage d'Alicia.

— De qui donc ? reprit-elle, feignant la surprise.

Elle se leva pour ne pas entendre sa réponse et se dirigea vers le bureau du directeur. Elle s'en voulait terriblement de ne pouvoir mieux cacher ses sentiments. Mentir lui était tout aussi impossible et elle se demanda comment échapper aux questions de Léonard. Jusqu'à présent, elle avait plutôt apporté de l'eau à son moulin !

En pénétrant dans la pièce, elle croisa le regard glacial de Todd. Visiblement, il l'attendait, calé au fond de son fauteuil, les bras croisés.

— Je n'aime pas ces discussions interminables pendant le travail, Miss Granger. C'est une perte de temps et d'argent. Par ailleurs, on vous a confié les responsabilités que vous savez. Ne pensez-vous pas que votre conduite peut — dans ces circonstances — nous paraître équivoque? Avez-vous compris? conclut-il, toisant Alicia du regard.

— J'ai très bien compris, monsieur.

— Bien. Maintenant, je vais vous expliquer pourquoi je vous ai fait venir. A partir d'aujourd'hui, vous allez travailler dans mon bureau... ainsi j'aurai l'œil sur vous!

L'affront fit pâlir les joues d'Alicia.

— Dois-je cesser d'adresser la parole à mes collègues?

— Cessez d'abord de parler effrontément à votre directeur, Miss Granger!

Il contourna son bureau et s'approcha d'elle, le visage hostile.

Elle recula, le cœur battant.

— Je ne voulais pas...

— Mais si justement! Vous vouliez me narguer.

Alicia chercha à détendre l'atmosphère : mieux valait ne pas insister avec cet homme irascible!

— Quand dois-je m'installer? demanda-t-elle poliment.

— Tout de suite! Servez-vous de la machine que vous vous étiez octroyée hier après-midi.

Il scruta les grands yeux bleus d'Alicia, guettant les premiers signes d'ironie; mais il ne rencontra qu'un regard inexpressif.

Elle partit à la recherche de ses affaires et quand elle revint dans le bureau, il était vide. Un papier griffonné d'une écriture droite et autoritaire était négligemment posé sur sa machine :

« A compter de ce jour, vous serez mon assistante. Votre salaire sera augmenté en conséquence. On vous installera une ligne de téléphone : vous prendrez toutes les communications. Ainsi, nos mains n'entreront pas en collision à chaque sonnerie. Je serai absent une grande partie de la journée. Henri Seager sait où me joindre, si cela était nécessaire. T. A. »

« Assistante... augmentation de salaire... » Alicia se laissa tomber sur sa chaise. En toute autre circonstance, cet avancement lui aurait fait un plaisir immense. Mais elle pouvait imaginer le sourire sarcastique de Todd Alexander lors de la rédaction de certaines de ces phrases.

Comment pourrait-elle travailler en étant constamment sous ses yeux, sans pouvoir fuir ses remarques acerbes? Il lui faudrait aussi, s'avoua-t-elle, affronter son regard magnétique et le dynamisme inépuisable de son caractère. Comment rester en pleine possession de ses moyens face à un personnage aussi déroutant?

Alicia passa le reste de la matinée à taper les lettres, profitant de ce moment de solitude : la présence de Todd Alexander la perturbait.

Quand elle quitta le bureau pour aller manger, ses collègues l'assaillirent de questions. A la nouvelle de sa promotion, l'envie se peignit sur leurs visages et il y eut quelques remarques désobligeantes. Alicia admit difficilement leur jalousie, et son naturel calme et généreux fut mis à rude épreuve!

— Vous déjeunez en compagnie de la direction? s'enquit Léonard, mi-figue mi-raisin.

— Mais non, bien sûr! Allons à l'endroit habituel, répondit Alicia, soulagée d'échapper aux autres.

Devant le sourire radieux du jeune homme, elle se sentit flattée. Son échec avec Jake, le mépris cinglant de Todd pour les femmes avaient sérieusement ébranlé sa confiance en elle.

Vers la fin du repas, Léonard orienta la conversation sur « Alexander et Cie ».

— Je vais aller le voir, Alicia, fit-il d'un air entendu.

— Voir qui? demanda-t-elle bien qu'elle devinât sa réponse.

— M. Alexander. J'ai décidé de sortir de la situation où je suis enlisé. Je suis ingénieur. Je veux me faire un nom dans le monde de la recherche : j'en suis capable.

— Je veux bien vous croire, répliqua-t-elle diplomatiquement, mais peut-être vaudrait-il mieux vous adresser à M. Seager. Il est plus... compréhensif que M. Alexander.

— Tiens, tiens... Les bras de votre patron étaient donc si peu accueillants quand il vous a consolée?

Alicia se tut, préférant ne pas s'engager sur ce terrain.

— Ce sera le directeur lui-même ou personne! Et si je n'obtiens pas satisfaction, alors...

— Je vous souhaite bonne chance : il est extrêmement difficile d'avoir le dernier mot avec notre patron.

A sa connaissance, personne — à part sa fiancée — n'avait réussi à manipuler Todd Alexander. Alicia s'inquiéta : que lui voulait d'ailleurs ce dernier? L'attirerait-il dans son orbite sans qu'elle puisse préserver son autonomie?

Tout l'après-midi, M. Seager dicta des lettres à la jeune fille, s'interrompant de temps à autre pour bavarder.

— Savez-vous où Todd disparaît régulièrement? Il retourne à sa recherche bien-aimée dans le comté de Hertfordshire : son travail a pris dans sa vie la place d'une femme!

Alicia s'étonna de ce que son patron dise « Todd » en s'adressant à elle. En tout cas, il confirmait son hypothèse : Todd Alexander était bien à l'origine du prototype et vraisemblablement de la société « Sander ». Comme les deux associés semblaient liés d'amitié, elle posa quelques questions sur lui.

— A-t-il beaucoup souffert quand il a découvert que sa fiancée le trompait?

— Todd, souffrir à cause d'une femme? Sûrement pas! Je ne pense même pas qu'il ait pris ses fiançailles au sérieux!

Elle ne s'était donc pas trompée sur le caractère de cet homme : il devait manipuler les femmes en les amenant à croire qu'elles avaient provoqué une relation dont en fait, lui seul était à l'origine.

— Il vous a dit avoir souffert? demanda M. Seager.

— Non, mais son amertume et son manque de...

— Vous parlez du cadre à photo vide? Mais il raconte la même chose à toutes les femmes! Ce n'est qu'une manière de les tenir à distance!

— Il a dit qu'il accepterait n'importe quoi d'une femme pourvu qu'elle ne veuille pas se lier à lui.

— Ne pas se marier? Oui, oui, c'est son leitmotiv! Il aime avoir la liberté de choisir, de faire et de défaire! C'est vrai, bien sûr. Mais il ne fait que prendre son temps, voilà tout... J'ai attendu l'âge de trente ans avant de me marier et j'ai eu raison : je suis l'époux le plus heureux de toute la terre! Et vous, fit-il après une pause, je vous ai vue en compagnie de Léonard Richardson ce midi. Y a-t-il quelque chose entre vous?

— Nous sommes seulement camarades. Mon ami m'a laissé tomber depuis peu et je suis encore bouleversée.

— Cela ne durera qu'un temps! Quelqu'un d'autre le remplacera. Léonard Richardson peut-être!

— Oh non, certainement pas Léonard! Il n'est pas du tout mon genre! Je...

Elle s'arrêta net car elle était sur le point de lui brosser le tableau d'un idéal masculin qui avait plus d'une ressemblance avec Todd! Elle baissa les yeux sur son bloc de sténo en espérant que M. Seager n'ait rien remarqué. Il continua de lui dicter les lettres, et elle ne put rien déceler dans sa voix paternelle.

Le lendemain matin, elle eut à peine le temps d'ôter son manteau que Léonard se précipitait déjà vers elle.

— Est-ce qu'il est là? demanda-t-il, montrant du menton la porte du bureau de M. Alexander.

— Non, répondit-elle, irritée.

— Pourriez-vous me prévenir de son arrivée?

— Voulez-vous que j'envoie de petits signaux de fumée? plaisanta-t-elle.

— Il y a un téléphone sur votre bureau, répliqua Léonard, sans même se dérider. Appelez-moi quand il viendra; si quelqu'un décroche avant moi, laissez un message.

— Bon, marmonna Alicia, je ferai ce que je pourrai, mais je ne vous promets rien.

Elle se mit au travail, classant l'importante pile de lettres qui venaient d'arriver. Dès qu'elle reconnut le pas de Todd, elle saisit le combiné et se pencha en avant pour camoufler son geste.

— Dites à M. Richardson qu'il est là, murmura-t-elle précipitamment dès qu'elle entendit une voix à l'autre bout du fil.

— Bonjour, Miss Granger!

Todd Alexander était déjà devant son bureau et avait dû surprendre son petit manège. Elle fit un effort pour se ressaisir et lui adresser un large sourire.

— Bonjour, monsieur, comment allez-vous? fit-elle le plus aimablement possible. J'ai commencé à trier votre courrier.

— Miss Granger, je dois vous féliciter! Il vous aura fallu moins de vingt-quatre heures pour entrer dans la peau d'une secrétaire de direction. Vous êtes toujours d'humeur égale et... bien entendu, vous courez au-devant de mes moindres désirs! C'est incroyable, ce qu'un peu d'avancement et d'augmentation peut avoir comme effet sur une dactylo!

Serrant les dents, elle ignora le caractère méprisant de sa remarque.

— Je vous remercie infiniment pour ce nouveau poste, susurra-t-elle.

— Vous me feriez plaisir d'éviter ces banalités. Ici, nous sommes au travail : nous ne jouons pas à cache-cache!

Il observa d'un air amusé les grands yeux bleus d'Alicia étinceler de colère. Quand elle se fut calmée, il poursuivit nonchalamment :

— M. Seager vous a donné largement de quoi vous occuper. Y a-t-il eu des coups de téléphone?

— Oui, une dizaine... J'ai tout noté ici.

— Quel zèle! Ma nouvelle secrétaire...

— Votre « assistante », aviez-vous écrit, monsieur.

— Vous chicanez sur les mots, Miss Granger! s'impatienta-t-il.

Les yeux mi-clos, il promena sur elle un regard appréciateur, s'attardant un moment sur ses hanches, finement moulées dans son tailleur de jersey bleu.

— Vous êtes une trouvaille! commenta-t-il, sans se départir de son ironie habituelle.

On frappa à la porte.

— Entrez, cria-t-il, irrité.

Léonard s'avança gauchement au milieu de la pièce où il s'arrêta, jetant un coup d'œil entendu à Alicia. Elle rougit en sentant peser sur elle le regard soupçonneux de Todd Alexander. Elle se dépêcha de sortir et se réfugia dans la petite cuisine où les employés venaient se faire du thé ou du café à l'heure de la pause.

Elle s'assit sur le rebord de la table et chercha à se

calmer. « Pourquoi ai-je rougi ainsi? Je ne suis pourtant coupable de rien... Todd me suspecte-t-il de collaborer avec Léonard? »

Le jeune homme la rejoignit un peu plus tard, le visage triomphant.

— Il s'est montré très récalcitrant au départ. Mais il a été obligé de m'écouter : vous comprenez, Alicia, j'avais un atout en main!

— Un atout? balbutia-t-elle. Vous ne m'avez tout de même pas impliquée dans cette affaire?

— Je... euh... j'ai fait allusion à un certain rapport secret que vous tapiez...

— Alors, vous m'avez bel et bien compromise, s'écria-t-elle, les mains moites.

— J'avais entendu M. Seager vous parler du rapport. Son ton de messe basse a éveillé mes soupçons, et vous les avez confirmés en mentionnant le caractère confidentiel de votre travail. Vous vous êtes même absentée pour l'effectuer. Je n'ai fait que reconstituer un puzzle pour arriver à mes fins. Vous n'allez pas m'en vouloir, Alicia : être ambitieux n'a rien d'anormal. Sans compter que j'ai des possibilités réelles, ajouta-t-il en tapotant de son index sur son front.

— Vous êtes fier de vous, n'est-ce pas?

Alicia lui avait lancé cette phrase comme une pique mais il la prit pour un compliment.

— Je sais tirer profit d'une situation. D'ailleurs, qui de nos jours, n'en fait pas autant?

Sans lui donner tout à fait tort, Alicia ne pouvait lui pardonner de l'avoir utilisée pour arriver à ses fins. Est-ce que Todd lui ferait encore confiance?

— Mais, je ne vous avais fourni aucun détail!

— Je ne suis pas idiot! Il a suffi que je prétende être au courant d'une entreprise secrète. M. Alexander a parfaitement compris ce que je voulais et il est arrivé tout seul à la conclusion que mes informations venaient de vous.

— Vous l'avez trompé! Que diriez-vous si j'allais le prévenir immédiatement de votre ignominie?

— Cessez de me menacer, implora-t-il, rentrant sa tête dans ses épaules comme un enfant grondé.

— Je vais de ce pas éclaircir la situation avec M. Alexander, cria Alicia, hors d'elle. Je n'ai rien à voir dans cette affaire.

— C'est trop tard, lança Léonard.

— Espèce de...

Elle ne trouva pas de mot assez cinglant pour exprimer sa colère. Elle tourna les talons et se précipita dans le bureau.

Todd Alexander lui réserva un accueil glacial.

— Vous avez donc bien reçu mon message, Miss Granger? Ne vous voyant pas revenir, je vous ai fait chercher. J'ai cru que vous aviez pris vos jambes à votre cou, tant vous auriez honte de me faire face.

— Vous semblez insinuer que je vous ai trahi. Eh bien, quoique Léonard ait pu vous affirmer, c'est faux. Et même si j'étais coupable — ce qui n'est pas le cas — je ne suis pas lâche. J'affronterais l'orage même au risque d'être foudroyée.

— Epargnez-moi vos métaphores subtiles: il vous faudra plaider un peu mieux votre innocence, fit-il aigrement.

Il se leva et vint vers elle, la toisant de la tête aux pieds avec mépris. Alicia se raidit et le regarda droit dans les yeux.

— Ecoutez, monsieur, je n'ai reçu aucun message: je suis ici de mon propre gré. Ensuite, je n'ai donné aucune information à M. Richardson. D'ailleurs, que vous a-t-il dit au juste?

— Il m'en a dit suffisamment; suffisamment pour ne plus me fier à vous, pas plus qu'à une autre femme, du reste. Mais je ne me suis jamais laissé prendre à votre double jeu, Miss Granger. Tantôt les larmes de la jeune fille abandonnée, tantôt vos minauderies de femme mondaine. Et parlons aussi de votre pseudo-indifférence de secrétaire : sous la glace se cachait une petite espionne avide de renseignements.

— Non, monsieur, la glace c'est vous. Vous n'êtes qu'un véritable iceberg ambulant!

Il baissa les yeux sur les lèvres tremblantes de la jeune fille.

« Il ne va tout de même pas m'embrasser ici, au beau milieu de cette terrible discussion! Elle aurait voulu s'enfuir mais rassemblant son courage, elle ne broncha pas.

— Je ne sais pas à quoi vous pensez, mais...

Il hésita en la voyant rougir violemment.

— Détrompez-vous, fit-il, hargneux. Je n'avais surtout pas envie de vous embrasser. Je songeais plutôt à votre lettre de démission!

4

Le sang d'Alicia ne fit qu'un tour.

— Je n'ai rien fait pour mériter cela, s'entendit-elle protester faiblement.

— Ah vraiment? Vous nous avez trahis. Cela me semble suffisant pour nous séparer.

— Je n'ai rien dit à Léonard. Il a seulement entendu M. Seager me parler de dossiers secrets. Rien de plus.

— Rien de plus...? Henry, demanda-t-il en prenant son téléphone, voulez-vous venir une minute?

M. Seager entra aussitôt. A la vue d'Alicia, un sourire illumina ses traits ridés.

Todd Alexander pinça les lèvres en voyant la confiance de son collaborateur dans la jeune fille. Sans attendre une seconde, il aborda le vif du sujet.

— Miss Granger a parlé!

Son jugement tomba comme un couperet; mais elle se rebiffa aussitôt.

— Non, non, c'est faux! Monsieur Seager, Léonard a seulement entendu ce que vous m'avez dit en me donnant la clef de votre bureau.

— C'est impossible, murmura-t-il, l'air désemparé. Je vous ai parlé à voix basse!

— Souvenez-vous, monsieur, nous n'étions pas seuls et votre voix, même lorsque vous chuchotez, porte loin, implora-t-elle, les larmes aux yeux.

— C'est vrai, reconnut-il, ma femme me reproche toujours de parler trop fort! Peut-être avez-vous raison.

Alicia ne put savoir s'il était sincère ou s'il cherchait seulement à lui venir en aide.

— Me croyez-vous à présent? demanda-t-elle quand Henry Seager eut quitté la pièce.

— Essayez-vous de m'attendrir à mon tour?

— Vous connaissant, cela ne me viendrait pas à l'esprit : autant demander grâce au diable en personne! hurla-t-elle, excédée.

— Quel feu infernal brûle en vous, Miss Granger? gronda-t-il.

Il la prit brutalement aux épaules, ses pouces lui meurtrissant les clavicules. Puis ses mains se glissèrent autour de son cou d'un geste trop sec pour être seulement théâtral.

— Maintenant que Jake est parti, je ne laisserai plus aucun homme s'approcher de moi, cria-t-elle désespérément, plongeant son regard dans le sien.

Il la repoussa si violemment qu'elle dut s'appuyer sur la table pour garder son équilibre. Todd regagna son fauteuil pour s'absorber dans son travail comme si l'incident était clos.

Alicia ne se sentit pas rassurée pour autant.

— Léonard vous a-t-il parlé de l'autre société?

— Non! répondit-il sèchement.

Léonard lui avait donc menti sur son entretien! Il avait prêché le faux pour obtenir le vrai : elle s'était laissé piéger! Mais quel jeu jouait-il?

— Si vous voulez tout savoir, Miss Granger, j'ai l'intention de lui confier un nouveau travail. Je lui ferai croire que j'ai eu vent d'un prototype mis au point par une société concurrente. Il me fera des schémas à partir des informations que je lui fournirai. Cette nouvelle tâche, qui ne nous sera d'ailleurs pas totalement inutile, calmera ses ambitions. Une hausse de salaire substantielle achevera de neutraliser sa susceptibilité maladive.

— Je... Je suis donc lavée de tout soupçon? soupira-t-elle.

— Je n'ai pas dit cela!

Alicia accusa le coup puis reprit, obstinée :

— Puis-je réintégrer mon poste?

— Mais, Miss Granger, vous n'avez jamais été renvoyée!

La fin de la semaine parut interminable à Alicia. Tant de choses s'étaient passées en quelques jours qu'elle se sentait comme une barque à la dérive. Pourtant, malgré toutes ses péripéties avec Todd Alexander, elle ne parvenait pas à oublier la lettre de Jake et manquait cruellement de confiance en elle. Mais pour rien au monde elle ne montrerait son désarroi. Aussi, quand elle pénétra dans le bureau le vendredi matin, son principal souci était de paraître naturelle et détendue.

Quelle ne fut pas sa stupéfaction lorsqu'elle aperçut les transformations qui avaient été faites : une cloison de verre cathédrale séparait la pièce en deux par le milieu. Ainsi, Todd continuait de se méfier d'elle.

La mort dans l'âme, elle déposa son sac et son manteau et inspecta les aménagements. On avait installé une table supplémentaire, un téléphone, des étagères et un portemanteau!

Abasourdie, elle retournait chercher ses affaires quand elle se trouva nez à nez avec Todd. Ignorant son regard désapprobateur, il s'assit à son bureau et ouvrit sa malette.

— Vous n'avez donc rien à faire ce matin, Miss Granger?

— Pourquoi avez-vous mis « ça », là? fit-elle en

désignant rageusement du doigt la cloison. Je croyais être votre « assistante »!

— J'ai changé d'avis.

— C'est bien cela! Vous ne me faites plus confiance... La secrétaire idéale doit travailler derrière des barreaux maintenant?

— Mais très certainement, Miss Granger. Vu votre humeur, je crois que c'est tout à fait la place qui vous convient. Je vous trouve plutôt acariâtre... Pas étonnant que votre ami vous ait laissé tomber!

— Votre amie vous a *aussi* laissé tomber!

— Ah bon?

Elle tourna les talons et entra dans son nouveau bureau en claquant la porte. Mais, prise de remords, elle revint sur ses pas et s'excusa.

— C'est bon, fit-il laconiquement comme si de rien n'était.

Plus tard, lorsqu'il lui porta des brouillons de lettres, il dut percevoir la lassitude que reflétait le visage d'Alicia. Ses yeux se perdirent un moment dans la profondeur bleutée de son regard.

— Miss Granger, murmura-t-il pensivement, voyez-vous toujours Jake quand vous me regardez?

— Non, seulement vous, souffla-t-elle.

Quand midi arriva, Alicia rangea ses affaires et partit retrouver Léonard. Elle était curieuse de savoir ce que Todd Alexander avait bien pu lui confier comme travail.

Elle le trouva installé devant sa planche à dessin et dut lui tapoter l'épaule tant les schémas l'absorbaient. Il leva alors vers elle un visage rayonnant.

— Vous avez vu, Alicia, j'ai eu gain de cause!

— Léonard, vous avez failli me causer de graves ennuis.

— Ne m'en veuillez pas, je vous en supplie. Voyez,

les résultats sont là, fit-il en pointant son index sur les diagrammes...

Alicia résolut d'oublier sa rancœur et se pencha avec lui sur les dessins.

— Oh! s'exclama-t-elle, c'est très différent de ce que...

Elle se mordit les lèvres pour ne pas dire : « de ce que j'ai déjà vu ». Décidément, il lui faudrait mieux brider sa spontanéité. Elle se hâta d'ajouter :

— Quelle forme étrange : on dirait une courgette tranchée dans la longueur!

— Voilà ce qui nous amène sur le terrain de l'aérodynamisme. Je crains que cela ne soit trop long à vous expliquer.

— Sûrement, acquiesça-t-elle humblement. Cela représente une promotion pour vous?

— Plus d'argent et un travail passionnant. D'ailleurs, venez : je vous invite à fêter l'événement.

Alicia accepta sa proposition de bonne grâce. Après tout, il l'avait suffisamment mise à contribution pour qu'elle ne se sente pas gênée par son offre.

Léonard était d'excellente humeur et le repas fut très agréable. Pour une fois, elle avait choisi — sur les conseils de son compagnon — les plats les plus coûteux du menu.

— Je vous dois bien cela, remarqua-t-il, tranquillement en la voyant dévorer son assiette de fruits de mer. Vous et moi sommes embarqués dans la même histoire.

Alicia fronça les sourcils et lui jeta un regard inquiet. Elle n'aimait pas les assertions de son collègue; il sous-entendait toujours une sorte de complicité entre eux.

— Je veux parler du rapport secret, fit-il en prenant un air important.

Que savait-il au juste de ces travaux? se demanda Alicia, perplexe. Elle se garda de lui poser des questions, trop craintive à l'idée de commettre une bévue ou quelque lapsus. Il ne manquerait pas d'en tirer parti.

Sur le chemin du retour, ils aperçurent M. Seager qui partait déjeuner. Il adressa un large sourire aux jeunes gens :

— J'ai mes sandwichs, leur cria-t-il, tapotant un petit paquet sous son bras. J'aime manger au soleil sur un bon vieux banc !

— Vous savez ce qui est bon, répondit Alicia en riant quand ils arrivèrent à sa hauteur.

— Il n'y a rien de tel pour trouver la paix intérieure dans cette cité tumultueuse, lui lança-t-il avant de disparaître dans la foule.

Todd ne réapparut pas de tout l'après-midi. Le bureau sembla affreusement vide à la jeune fille ; seul le bruit de ses propres mouvements venait troubler le silence. « Ce silence que je retrouverai encore ce soir chez moi », songea-t-elle, déprimée. Todd Alexander l'avait injustement soustraite à la compagnie des collègues pour la cloîtrer dans cet endroit désert.

Ses yeux errèrent un moment sur les panneaux translucides de la cloison, guettant le contour familier de ses larges épaules. Pourquoi cet homme lui manquait-il tant ? Etait-il là simplement pour combler le vide laissé par Jake ? « Non, se dit-elle fermement, Todd m'a consolée, embrassée, mais il n'est rien pour moi. »

Quand elle porta les lettres à M. Seager, il la questionna gentiment.

— Vous... vous liez d'amitié avec Léonard Richardson ? Bien sûr, ne me répondez pas si cela vous ennuie d'en parler.

— Cela m'est égal, le rassura-t-elle. En effet, nous sommes plus que de simples collègues : nous nous connaissons depuis fort longtemps et nous prenons nos repas ensemble le midi. Je trouve sa compagnie... reposante.

— C'est un homme plutôt tranquille, d'après vous?

— Eh bien... oui et non! Ce n'est peut-être qu'une apparence. Au fond, il est plutôt obstiné, peut-être même un peu égoïste.

— Hum... une jeune femme aussi sage qu'agréable à regarder que vous...

Il n'acheva pas sa phrase et hocha la tête, l'air rêveur.

Si telles étaient bien ses qualités, ni Jake ni Todd ne semblaient les apprécier, se dit-elle tristement en retournant à son bureau. Elle allait s'asseoir quand le téléphone sonna. Le cœur battant, elle saisit le combiné, espérant entendre Todd.

— Devinez, fit la voix de Léonard.

— Quoi donc? répondit Alicia, s'efforçant de cacher sa déception.

— M. Seager vient de m'appeler. Je vais avoir un bureau pour moi tout seul.

— Je termine mon travail et je viens voir, s'écria-t-elle, heureuse d'échapper à sa solitude.

— J'approche à grands pas d'un poste de direction, lança le jeune homme dès qu'il la vit.

— Voilà qui est bien optimiste!

— Non, lucide seulement. Ce n'est que le résultat de ma ténacité. Après tout, ce travail est confidentiel, n'est-ce pas?

« Mon Dieu! j'espère qu'à se pavaner ainsi, il ne va pas y laisser des plumes! », songea-t-elle en réprimant un sourire.

— Félicitations, Léonard!

— Alicia... demain c'est samedi... pourrions-nous sortir ensemble ou devez-vous voir votre ami?

Elle allait refuser quand la perspective d'un week-end solitaire la fit changer d'avis.

— Vous savez bien que tout est fini avec Jake... C'est d'accord, vous pouvez passer me prendre chez moi vers deux heures.

Elle se hâta de partir, bien décidée à profiter de son temps libre pour se remettre d'aplomb.

Lorsqu'elle arriva devant chez elle, un important remue-ménage attira son attention. Une famille devait aménager à l'appartement du rez-de-chaussée : le panneau « à vendre » gisait dans l'herbe et elle aperçut par les fenêtres entrouvertes deux ouvriers posant une nouvelle moquette. Dans la pièce attenante, un échaffaudage de cartons cachait entièrement le mur du fond. Elle se promit de faire connaissance le plus tôt possible avec ses nouveaux voisins.

En refermant derrière elle la porte de son appartement, Alicia fut surprise par le désordre qui régnait dans la pièce : tant d'événements avaient perturbé sa vie au cours des derniers jours que la semaine s'était écoulée sans qu'elle trouve le courage de faire son ménage. Aussi, décida-t-elle de se mettre à pied d'œuvre pour ranger et nettoyer la maison.

Elle tomba tout d'abord sur la lettre de Jake, mais ne put se résoudre à la jeter. « Si seulement je pouvais la ranger au fin fond de ma mémoire et l'oublier là pour toujours! Je ne ressemblerai jamais à Loreen; j'ai gaspillé mes efforts à vouloir changer de personnalité et le verdict de Todd n'a pas manqué de tomber : — sourire étincelant... expression artificielle — a-t-il dit. A quoi bon? » songea-t-elle, découragée.

Après un grand nettoyage, elle se sentit sale et épuisée. Elle mangea rapidement puis alla se détendre un long moment sous la douche. Elle enfila ensuite une chemise de nuit en coton et le déshabillé bleu ciel de sa mère.

Elle alluma la télévision et s'installa paresseusement sur le canapé, calant son dos fourbu contre de gros coussins de soie.

C'était un bon film, dont les images poignantes retraçaient la vie dramatique d'un couple à trois. A sa grande surprise, Alicia s'aperçut qu'elle ne substituait plus le visage de Jake à celui du héros. Il lui devenait même moins cruel de prononcer son nom.

Certes, sa fierté avait été blessée profondément par cette rupture. Mais Todd n'était-il pas en passe de remplacer Jake? Tout d'abord, elle voulut écarter d'elle cette idée saugrenue. Et pourtant... Quand il n'était pas dans son bureau, l'endroit lui paraissait noir et profond comme une caverne. Il lui semblait vivre au ralenti. Par contre, dès qu'il entrait, tout reprenait vie, y compris elle-même : ses sens s'aiguisaient et son esprit se mettait à fonctionner comme s'il était resté en veilleuse jusque-là.

Il avait longtemps fait partie du monde du travail, pour elle, mais maintenant il était présent dans sa vie privée, chez elle, dans la rue! Même lorsqu'elle se reposait, ses paupières se transformaient en écran de cinéma où elle regardait défiler les images de Todd : sa prestance, ses traits accusés, le magnétisme de son regard lorsqu'il guettait ses yeux, la faisant rougir sans pitié. Ses lèvres frémirent au souvenir du contact brutal des siennes.

Le sommeil prit le relais de ses rêveries et quand elle se réveilla, la télévision n'affichait plus qu'un écran vide. L'heure devait être avancée car tout était silencieux dans la rue comme dans la maison. Mais quelques bruits sourds montant du rez-de-chaussée attirèrent son attention. Elle se dressa sur son séant et crut percevoir des pas feutrés.

Quelqu'un avait peut-être réussi à s'introduire chez

ses nouveaux voisins? Maîtrisant sa peur, elle enfila ses chaussons et sortit de chez elle sur la pointe des pieds.

La porte du rez-de-chaussée, grande ouverte, inondait le couloir d'un flot de lumière. Aussi discrètement qu'elle put, elle s'aventura jusque dans l'entrée et pencha sa tête pour inspecter les lieux. Elle ne put s'empêcher de pousser un petit cri en apercevant le « voleur ».

— Avec vous, un cambrioleur n'aurait rien à craindre! grogna Todd Alexander. Vous êtes si peu prudente qu'il aurait le temps de courir un kilomètre avant que vous n'arriviez... Vous mettriez même un sourd sur ses gardes.

— D'accord, d'accord, je n'ai pas pris de précautions. Mais en tout cas, je faisais une bonne action, du moins c'est ce que je croyais avant de vous voir. Si j'avais su que c'était vous qui aviez acheté l'appartement et non la gentille famille que j'avais imaginée, je n'aurais pas bougé d'un pouce!

— Bien, maintenant que vous connaissez votre nouveau voisin vous pouvez retourner dans votre lit! fit-il en sortant délicatement d'un carton d'un vase de Gien.

— Je n'étais pas dans mon lit. J'étais...

Le vase tomba et éclata en mille morceaux sur le sol. Todd contempla avec désolation l'emballage de papier de soie qu'il tenait encore entre ses mains, puis lança un regard noir en direction d'Alicia.

— Ce n'est pas de ma faute, gémit-elle.

— Si vous n'étiez pas dans votre lit où donc étiez-vous à cette heure-ci, dans cette tenue?

— J'étais partie pour regarder un film mais...

— Eh bien, vous pouvez partir d'ici.

— Pourquoi êtes-vous d'une humeur aussi exécrable? demanda-t-elle en étouffant un bâillement.

— Et comment diable voulez-vous que je sois? Je

suis épuisé par le déménagement et une semaine de démarches administratives pour acquérir cet appartement. Et qui plus est, je viens de briser mon vase préféré. Pour couronner le tout, je vous surprends en train de vous introduire chez moi. Ce n'est sûrement pas votre visage déconfit et votre allure de chien battu qui vont me remonter le moral!

Il était campé devant elle, les mains sur les hanches, la chemise ouverte. Ses cheveux, habituellement impeccables, tombaient en mèches rebelles sur le front où perlaient quelques gouttes de sueur. Il avait jeté sa cravate sur le sol et sa veste traînait sur un carton. Curieusement, cette tenue inaccoutumée soulignait la beauté un peu sauvage de ses traits, accentuant son caractère viril.

Elle sentit vibrer en elle des sensations inconnues. Irrésistiblement, elle avança vers lui, les frontières de son raisonnement cédant sous la pression de son trouble.

Il referma durement ses doigts sur les bras souples et minces d'Alicia. Elle appuya les paumes de ses mains sur le torse de Todd et leva la tête vers lui, les yeux hypnotisés par l'intensité de son regard.

— Votre visage est couvert de poussière! s'esclaffa-t-elle en appuyant le front sur sa poitrine nue.

Il caressa du menton ses boucles blondes puis repoussa le visage de la jeune fille.

— Qu'a-t-il de si drôle?

— Vous ne ressemblez en rien au M. Alexander que je connais. Vous... vous avez l'air d'un être humain!

Il l'attira brutalement vers lui, faisant glisser au sol son déshabillé. Leurs muscles tressaillirent comme s'ils revenaient brusquement à la vie. Lâchant un des bras d'Alicia, il lui saisit le menton entre le pouce et l'index, l'obligeant à renverser sa tête en arrière.

Bouleversée, elle se retint à son épaule pour ne pas vaciller.

— Vous avez bu? observa-t-il, ironique.

— Non, je suis un peu fatiguée, monsieur... euh, pourrais-je plutôt appeler Todd?

— Pourquoi pas, Alicia...

Elle n'aurait su dire lequel des deux commença à embrasser l'autre. Tout d'abord, leurs lèvres se cherchèrent, se taquinèrent dans un long jeu de cache-cache. Puis Todd s'empara de la bouche de la jeune fille, mêlant sa respiration à la sienne jusqu'à ce que le souffle lui manquât. Elle voulut se dégager mais il reserra d'autant son étreinte, l'obligeant à le suivre dans les méandres de ses désirs.

Quand il la relâcha, elle ne sentait plus ses jambes et ses lèvres endolories la brûlaient. Elle lui jeta un regard de reproche mais il répondit par une espièglerie.

— Vous n'avez encore rien vu, charmante demoiselle! Ce soir j'étais épuisé. Quand je suis dans mon état normal, vous seriez étonnée de ce que je peux faire à une femme.

— Eh bien, je ne serai pas là pour le voir! Vous trouverez une femme plus disponible que moi qui...

— Cela me paraît difficile, objecta sèchement Todd.

Comme elle se détournait, il l'attrapa par le coude, l'obligeant à faire volte-face.

— Voyez-vous toujours Jake quand vous me regardez?

— Non, je vous l'ai déjà dit ce matin. J'ai chassé Jake de ma tête. C'est étrange comme il est facile d'oublier un homme alors que vous avez cru l'aimer. Je...

— Parole de femme! C'est à peu près ce que m'a démontré mon ex-fiancée.

— Alors, c'est qu'elle n'avait jamais été amou-

Pensez à vos amies!

●

Je suis sûre que beaucoup de vos amies aimeraient comme vous, lire les romans Harlequin dès leur parution. Voici l'occasion rêvée de leur faire une très gentille surprise...

Écrivez tout simplement leur nom et leur adresse ci-dessous et elles recevront très bientôt une très belle documentation les invitant à découvrir — sans aucun engagement de leur part — les Collections Harlequin.

(EN MAJUSCULES, 1 lettre par case, S.V.P.)

Prénom

Nom

Adresse

Code postal   Ville

(EN MAJUSCULES, 1 lettre par case, S.V.P.)

Prénom
Nom
Adresse

Code postal   Ville

Prénom
Nom
Adresse

Code postal   Ville

Prénom
Nom
Adresse

Code postal   Ville

A retourner à :
ÉDIMAIL S.A. 75785 Paris Cedex 16

SC. 4. 82

reuse de vous, pas plus que je devais l'être de Jake. Quand l'amour vient pour de bon, cela vous prend là, fit-elle en indiquant son front, et encore là, reprit-elle en montrant cette fois son cœur.

— Vous parlez en connaissance de cause?

Sur sa lancée, Alicia fit un signe de tête affirmatif mais, s'apercevant qu'il lui avait tendu un piège, elle se dédit aussitôt énergiquement.

— Non, lança-t-elle.

Il partit d'un grand rire mettant la jeune fille au comble de la confusion. Puis il entreprit de déballer les derniers cartons. Alicia jeta un coup d'œil alentour.

— Avez-vous un endroit pour dormir?

— Non, mais la moquette est épaisse et moelleuse. Est-ce que par hasard vous m'inviteriez à partager votre...

— Non! lâcha-t-elle farouchement.

Elle hésita un moment, ne parvenant à se décider à prononcer son prénom.

— Todd, finit-elle par dire, voulez-vous une tasse de café?

— Voilà qui part d'un bon sentiment de... voisin! J'accepte avec plaisir si toutefois vous n'êtes pas trop fatiguée.

— Une bonne secrétaire est toujours prête à satisfaire les désirs de son patron, n'est-ce pas?

— Le lit que vous me proposiez, est-il...

Alicia s'enfuit, ne lui laissant pas le temps d'achever sa question.

Todd reposait tranquillement sur une caisse, sa tasse de café à la main, non loin d'Alicia, assise en tailleur sur la moquette.

— Si seulement vous étiez toujours ainsi, observa-t-elle, je...

Un secret nous sépare. 3.

Elle hésita à continuer mais des yeux rieurs l'y encouragèrent :

— Je veux dire détendu, toujours prêt à rire, sans cet écran de cynisme derrière lequel vous vous cachez. Votre fiancée vous a donc tant fait souffrir? Vous l'aimiez au point de...

Il fronça les sourcils à cette dernière question.

— Qu'est-ce que tout ceci : les confessions d'un patron à sa secrétaire?

— En d'autres termes cela ne me regarde pas? conclut Alicia en lui versant une autre tasse.

— En effet... Peut-être pourriez-vous aller dormir maintenant?

Todd s'approcha d'elle et lui tendit la main pour l'aider à se relever.

— Je ne pourrais pas dormir si je vous savais inconfortablement allongé sur le sol.

— S'agit-il d'une honnête proposition ou d'une invitation à partager votre lit?

— D'une honnête proposition. Je suis désolée de vous décevoir. Il y a dans le salon un fauteuil qui se transforme en lit. Il suffit de le déplier.

Il fit une légère grimace.

— Alors, si je comprends bien : un lit pour vous, un lit pour moi?

— Non, pas exactement, répliqua-t-elle en riant. Un fauteuil pour vous et un lit pour moi!

— Et rien ne vous fera changer d'avis, même pas ceci? dit-il en l'attirant vers lui.

Elle se réfugia dans ses bras, et une grande paix intérieure l'envahit comme si elle venait de traverser un raz-de-marée.

Ce n'était pas seulement la fatigue qui la rendait consentante. Les interdits qu'elle s'était toujours forgés tombaient les uns après les autres devant la percée de son amour naissant. Elle laissa les mains de

Todd courir le long de son dos et répondit passionnément à ses baisers fougueux.

En un éclair, elle le revit tel qu'elle l'avait observé pendant de longs mois : froid et distant; comme il l'était aussi quand il lui avait amèrement parlé des femmes.

Elle l'enlaça avec plus de tendresse encore, voulant désespérément lui prouver sa sincérité et lui communiquer la confiance en l'amour qu'il avait fait naître en elle.

L'ardeur de leurs baisers s'estompa, laissant place à un bien-être infini.

— Qui êtes-vous, Alicia? murmura-t-il, inquiet. Laquelle des deux femmes que j'ai tenues dans mes bras est la vraie?

— Ni l'une, ni l'autre, répondit-elle en secouant ses longs cheveux.

— Y a-t-il donc encore une Alicia que je ne connais pas? Une personnalité que vous me cachez, une vie dont j'ignore tout?

Les traits de Todd se contractèrent. Ses yeux marrons foncèrent étrangement. Il n'y avait aucune trace de plaisanterie dans sa voix. Elle comprit qu'il ne faisait que lui exprimer toute sa méfiance.

Elle voulut se dégager, mais il ne lâcha pas prise. Elle leva alors son visage et plongea ses yeux dans les siens, terriblement proches et incompréhensifs à la fois.

— Est-ce que vous vous demandez parfois pourquoi votre fiancée vous a quitté? En tout cas, je peux vous le dire : avec vos raisonnements vous tuez vos sentiments et... ceux des autres. Là où il devrait y avoir en vous de la chaleur et de l'amour, on ne trouve en fait que de la froideur et de l'égoïsme.

Elle vit la colère étinceler dans ses yeux sombres, mais elle s'entêta :

— Même un igloo serait un abri plus chaleureux que votre attitude... glaciale.

Il empoigna violemment Alicia, l'obligeant à se taire. Sa bouche écrasa impitoyablement la sienne et elle crut que son corps allait se briser contre le sien comme une vague sur les récifs. Elle laissa échapper un cri de douleur. Elle sentit qu'une violence à peine contenue sommeillait sous son cynisme, dernier rempart de son personnage.

Peu à peu, il parut maîtriser l'élan sauvage qui le secouait, et desserra son étreinte. Ses doigts se firent plus caressants. Alicia ne put s'empêcher de pousser un soupir de soulagement. Ils restèrent un long moment, l'un contre l'autre, épuisés.

Elle ne pouvait se résoudre à fuir les bras de Todd. Sa raison avait beau lui démontrer l'imprudence de son comportement, elle restait auprès de lui en proie à un terrible dilemme : jamais elle ne pourrait s'abandonner à lui sans la certitude qu'il l'aimât. Il y a quelques jours encore, ils se connaissaient à peine et, bien loin de lui signifier son amour, il l'avait maintes fois traitée avec mépris. Pourtant, elle se sentait prête à tout pour le satisfaire.

« Je ferai n'importe quoi pour éveiller en lui l'écho de ma passion », se dit-elle, effrayée par l'impétuosité de ses sentiments.

5

En ouvrant les yeux le lendemain matin, Alicia eut le sentiment que quelque chose avait changé dans la maison. Elle se rendit compte soudain que la présence insolite de Todd Alexander bouleversait sa perception du monde qui l'environnait.

Elle se leva d'un bond, enfila son déshabillé et se coiffa soigneusement. A pas furtifs, elle pénétra dans le salon.

Mais ses précautions étaient inutiles : son invité était assis dans le fauteuil, une feuille de papier à la main. Il arborait un large sourire.

— Ai-je l'air si drôle? fit-elle, aussitôt sur la défensive.

Il ne lui répondit pas et se mit à lire à haute voix, sans cesser de sourire.

— « Elle est pleine de vie... Elle aime danser, sortir et bien d'autres choses encore... »

— Ma lettre! La lettre de Jake!

Elle se rua sur lui pour lui arracher le papier des mains. Il le brandit alors au-dessus de sa tête, le mettant hors de sa portée. Elle voulut l'attraper, mais trébucha et perdit l'équilibre. Todd glissa vivement son bras libre autour de la taille d'Alicia, la maintenant contre lui. Imperturbable, il poursuivit sa lecture.

— « ... je suis désolé... tu ne m'en veux pas ? »

Il laissa tomber la lettre et scruta le visage empourpré de la jeune fille ; des larmes, mais de colère, embuaient ses grands yeux couleur myosotis.

— Alors, Alicia, pas de regrets ?

— Non, grommela-t-elle en serrant les dents. Plus maintenant... Lâchez-moi, Todd !

— Ce chagrin d'amour n'était donc pas aussi profond que vous me l'aviez laissé entendre, fit-il, moqueur, ignorant ses supplications.

— Ecoutez, cria-t-elle en se débattant, laissez-moi vous expliquer... C'était un coup de foudre mais notre amour s'est éteint aussi vite qu'il est apparu. Je me suis rendu compte à quel point Jake était superficiel et...

— Et lui de même pour vous ! trancha-t-il.

Ses doigts agrippèrent impitoyablement le menton d'Alicia, immobilisant son visage à quelques centimètres du sien. Plus elle cherchait à se libérer et plus son emprise se renforçait. Elle renonça donc à se dégager, se raidit et ferma les yeux pour échapper à la cruauté de son regard.

— Combien de fois vous a-t-il demandé ces « autres choses » ?

— Cela ne vous regarde pas !

— Vous ne lui avez pas cédé ? insista-t-il.

Alicia était tenaillée par le désir de lui répondre que c'était lui, Todd, qu'elle aimait ; il était le seul homme avec qui elle souhaitait partager « toutes ces choses ». Mais il se gausserait sûrement d'elle. Elle enfouit son amour au fond d'elle-même comme un secret, puis ouvrit les yeux, décidée à ne rien lui montrer.

— Non, bien sûr... murmura-t-il sans autre commentaire.

Se serait-elle trahie ? se demanda-t-elle anxieusement.

— Laissez-moi... j'allais seulement vous proposer une tasse de thé...

— Volontiers, mais à une condition...

Quand il se pencha sur elle pour l'embrasser, elle vit de la malice briller dans ses yeux sombres. Sous la pression de sa bouche, les lèvres d'Alicia reprirent vie, répondant sans retenue à celles de Todd.

— Ce jeune homme devait être fou ou aveugle, fit-il en appuyant paresseusement la tête sur le dossier du fauteuil. Remarquant les traits bouleversés de la jeune fille, il ajouta :

— Les deux, probablement.

Toute la matinée, un brouhaha monta du rez-de-chaussée; Todd terminait son déménagement.

En la quittant, il l'avait remerciée de son accueil :

— Merci aussi pour tous les « petits extras », devait-il ajouter, prenant un malin plaisir à la voir rougir. Epargnez-moi cet air indigné, Alicia! Vous avez apprécié ces baisers autant que moi.

— C'est possible, mais cela reste à prouver!

— Les paris sont ouverts, Miss Granger. Je vous préviens : si je gagne, vous me ferez grâce de vos protestations, de vos moues et de vos grands yeux bleus si sérieux!

Vers onze heures, elle ne put résister plus longtemps à la tentation d'aller le retrouver.

Deux déménageurs installaient un énorme réfrigérateur sur les conseils de son propriétaire.

— Du café? demanda-t-elle aux trois hommes.

— Oui! répondit sèchement Todd.

Quelques minutes plus tard, elle redescendit avec les boissons.

— Puis-je faire quelque chose?

— Oui, nous laisser tranquille, fit Todd, irrité.

— Voilà comment on doit parler à sa femme, ricana l'un des deux hommes.

Humiliée, Alicia se tourna vers Todd, guettant une marque de désapprobation. Mais il ne réagit pas et leva sa tasse comme pour trinquer.

— A ma « femme », fit-il, goguenard. Et... puisse-t-elle toujours m'obéir!

— La prochaine fois, « mon amour », vous pourrez prendre votre café dehors! répondit-elle suavement.

Sans attendre leurs commentaires, elle remonta chez elle et claqua la porte.

Aux environs de midi, le téléphone sonna.

— Vous venez admirer le produit fini? fit une voix familière à l'autre bout du fil.

— Vos instructions étaient pourtant claires, monsieur Alexander. Non, je reste ici!

— Ecoutez, Alicia, je vous invite à pendre la crémaillère.

— Comment, déjà?

— Mais oui. Une première fête. Juste vous et moi. Dans l'intimité... Vous n'allez quand même pas refuser de boire à ma santé, et à mon nouvel appartement? Vous vous rendez compte des conséquences? Restez en bons termes avec votre patron; cela vous mènera peut-être loin, qui sait?

— Vous plaisantez, j'espère. Je ne suis pas du genre à vouloir m'attirer vos bonnes grâces!... C'est d'accord, je descends, fit-elle après une pause... Je viens chercher le plateau et les tasses.

A peine Todd eut-il ouvert la porte qu'il lui glissa un verre entre les mains.

La coupe impeccable d'un pantalon de velours marron soulignait l'élégance de sa grande taille. Sous un shetland du même ton, une chemise crème s'ouvrait sur son cou mince et hâlé. Cette tenue sobre et décontractée s'accordait parfaitement à son visage souriant et détendu. Il avait pris le temps de se laver les cheveux, leur donnant une souplesse qui atténuait ses traits accusés ; sa peau rasée de près adoucissait les pommettes saillantes et le menton volontaire.

N'eussent été les deux petites flammes de l'ironie dansant dans ses yeux sombres, elle aurait pu imaginer qu'il se dévoilait enfin.

— Vous êtes la « bienvenue », Miss Granger : il serait « malvenu » que je boive seul à ma santé ! Il n'est pas en mon pouvoir de me créer une compagne.

— Je croyais que rien n'était impossible à Todd Alexander. C'est en tout cas l'impression qu'il donne à ses employés quand il les honore de sa présence !

— En toute modestie, je dirai que beaucoup de choses sont en mon pouvoir. Tenez, vous par exemple, je pourrais faire de vous la première personne à partager mon toit, ma chambre à coucher en particulier...

— Ah ! Vous croyez ? fit-elle, désinvolte.

— J'en suis certain.

Alicia se demanda s'il avait discerné son amour pour lui. Elle leva son verre pour mieux cacher son embarras, et lui adressa un sourire éblouissant.

— A la santé de Todd Alexander. A son bonheur futur dans cet appartement. Puisse son caractère glacial fondre à la chaleur de son nouveau chauffage central !

— Espèce de petite...

D'un pas théâtral, Alicia recula jusqu'à la porte.

— Buvez ! Buvez vite, monsieur Alexander, ou les toasts brûleront jusqu'aux cendres !

— Vous êtes une petite effrontée !

D'un seul trait, il avala le reste de son verre et se précipita vers elle, la soulevant du sol à bout de bras.

— Arrêtez, arrêtez ! s'écria-t-elle en le repoussant aux épaules.

Mais elle comprit instantanément que sa protestation n'était que de pure forme. Plus sa raison lui dictait la retenue, et plus elle se sentait attirée vers lui. Il lui sembla qu'elle se déchirait en deux. Ce qu'elle avait simplement cru possible était devenu une certitude : elle l'aimait de toutes ses forces et ferait tout ce qui était en son pouvoir pour le rendre heureux.

Quand il l'embrassa, les lèvres d'Alicia se firent le messager silencieux de sa passion et de l'immense espoir d'être aimée en retour.

Mais dans le regard de Todd elle surprit la satisfaction d'une conquête facile; ses mâchoires crispées trahissaient du mépris.

Tel un escargot craintif, elle se replia en elle-même, ferma les yeux et attendit.

Il la reposa sur le sol aussi brutalement qu'il l'avait prise. Elle chercha en vain un signe de tendresse dans l'abîme de ses yeux sombres. Cet homme était resté totalement insensible aux marques d'amour de la jeune fille, comme si leur baiser avait pris place dans l'imaginaire. Troublée, elle décida d'éviter un nouvel affrontement : mieux valait voguer dans des eaux plus tranquilles. Elle se détourna de lui.

— Vous avez un goût admirable, murmura-t-elle en promenant son regard sur les fauteuils, les rideaux, le buffet. Cuir, velours... pas de placage de bois verni pour M. Alexander : du massif!

— Pas de vernis non plus pour mon style de femme, fit-il, malicieux.

Les pas d'Alicia la conduisirent dans la chambre.

— C'est incroyable! Quand je vous ai quitté, les déménageurs étaient encore là, et tout est déjà terminé.

— Les décorateurs sont arrivés peu après votre départ. Ils ont mis les rideaux, monté les éléments de cuisine...

— Fait le lit?

— Vous êtes déçue? Vous auriez aimé recevoir votre hôte encore une fois pour la nuit?

En effet, Alicia l'avait espéré mais elle se garda bien de le lui avouer. Poursuivant sa visite, elle aperçut une fois encore le reflet un peu trouble de son visage dans le cadre-photo. Cette fois, le verre lui renvoya une image d'elle empreinte d'une touche de désespoir. Déroutée, elle évita le regard de Todd espérant que son désarroi lui avait échappé.

— Oui, Alicia, ce cadre me rappelle la nature mensongère des femmes.

— La première fois que vous me l'avez montré, vous m'aviez seulement dit que vous ne faisiez pas confiance aux femmes. Aujourd'hui, vous parlez de leur nature mensongère. Pourquoi êtes-vous maintenant plus dur encore?

L'ombre d'un sourire passa sur ses lèvres : il semblait attendre que la jeune femme trouve elle-même la réponse à sa question.

— Vous n'êtes tout de même pas en train d'insinuer que M. Seager a eu tort de me faire confiance?

— Eh bien, puisque vous me le demandez, je vous répondrai qu'en effet, c'est bien cela. Mais il est trop tard maintenant, le mal est fait...

— Quel mal?

— Si jamais vous me trahissiez, gronda-t-il, si jamais j'apprends que vous avez communiqué la moindre parcelle d'information, je vous...

Il la prit à la gorge, ses mains tremblantes de colère. Elle sentit son pouls battre follement sous ses doigts crispés.

— Lâchez-moi, Todd, lâchez-moi! cria-t-elle, éperdue. Je vous jure que je ne dirai rien à personne!

— Sinon que vous avez déjà parlé.

Ces paroles l'atteignirent en plein cœur. Se cachant le visage dans les mains, elle fondit en larmes.

Fut-il touché par son désespoir ou seulement rassuré par sa promesse? Elle n'aurait su le dire, mais il se radoucit et approcha lentement son visage du sien. Sa bouche qui venait de la condamner si durement, caressait à présent la sienne. En quelques secondes, son agressivité s'était muée en une tendresse sensuelle.

Alicia brûlait d'envie de lui demander la raison de ces brusques changements d'attitude. Mais elle savait qu'il ne l'aiderait jamais à le percer à jour : s'il préservait jalousement le secret du prototype « Sander », il cachait davantage encore sa véritable personnalité. L'avait-il seulement dévoilée à son ex-fiancée ?

Tout en réfléchissant, elle plongeait les doigts dans ses longs cheveux blonds, enroulant ses boucles autour de son index. Lui demanderait-elle de venir manger ou valait-il mieux se montrer plus distante ? Ses lèvres frémirent au souvenir de la chaleur de son baiser et elle ne put résister plus longtemps à la joie de l'avoir à ses côtés.

— J'ai préparé le déjeuner. Il y a de quoi manger pour deux, fit-elle timidement.

— D'accord, j'accepte très volontiers.

— Eh bien, je sais maintenant pourquoi vous m'avez invitée à descendre ! plaisanta Alicia pour cacher son plaisir.

— Je serai curieux de savoir si voux êtes autant cordon bleu que femme d'esprit.

— Vous verrez ! Mais je n'ai rien préparé de bien compliqué. Seulement un petit pot-au-feu.

— Conduisez-moi jusqu'à lui, fit-il en riant.

Après le repas, Todd aida Alicia à la vaisselle.

— Est-ce donc une habitude chez vous de préparer la cuisine pour deux quand vous êtes seule ?

— Seulement quand un nouveau voisin s'installe... et que ce voisin est bien bâti, avec des yeux sombres et très bel homme !

— Vous êtes en quête d'une augmentation de

salaire ou de quelque chose de plus personnel? s'esclaffa-t-il, amusé de la voir rougir. Allons, reprit-il, baissant d'un ton sa voix grave, je crois que nous nous connaissons suffisamment bien pour ne pas nous raconter des histoires.

Certes, les paroles d'Alicia relevaient de la provocation. Elle aurait dû se montrer plus prudente avec cet homme toujours aux aguets. Maîtrisant le tremblement de sa voix, elle essaya de battre en retraite :

— Vous avez frappé à la mauvaise porte. Je suis encore marquée par une déception amoureuse, tout comme vous...

— C'est moi qui ai rompu le premier, coupa-t-il.

— Excusez-moi. J'allais dire que l'un comme l'autre, nous manquions de confiance en l'autre sexe.

— J'ai désavoué le mariage, pas les femmes.

— D'accord, d'accord. En tout cas, je ne cours pas après une augmentation de salaire et encore moins après une amourette.

— Pourtant, votre comportement est en contradiction avec vos paroles. A chaque fois que vous avez été dans mes bras, votre corps m'a donné des signes d'encouragement.

Alicia ne trouva rien à répondre. C'était vrai. Mais pourquoi diantre fallait-il que parmi tous les hommes qu'elle connaissait, elle tombe amoureuse de cet individu égoïste et froid?

— Je suis désolée, murmura-t-elle, ne sachant trop comment réagir.

Todd se pencha sur son visage, l'examinant avec minutie, tel un joaillier à l'affût de la moindre imperfection.

— Ne soyez pas désolée. Mettons votre attitude sur le compte de réflexes féminins, plus que naturels.

Il lui fallut faire un effort surhumain pour ne pas lui crier : « Todd, je vous aime. » Ses lèvres se mirent à trembler. Il les emprisonna dans les siennes. Alicia le serra fébrilement à la taille.

Jamais Jake n'avait éveillé une telle passion en elle. Une nouvelle fois, l'esprit d'Alicia tentait de la mettre en garde, mais son corps refusait d'obéir, répondant autant qu'il lui était possible à l'étreinte de Todd.

— Alicia? fit une voix venant du salon. La porte d'entrée était ouverte, je me suis permis de...

Todd s'écarta instantanément d'elle. Son regard furieux alla de l'un à l'autre.

— La prochaine fois que vous attendez quelqu'un, prévenez-moi. Je ne me permettrai plus de manger le repas qui lui était destiné; ni d'embrasser son amie.

— Vous faites erreur sur les deux tableaux, répliqua Alicia, les joues en feu. D'abord, je ne l'attendais pas pour manger, et ensuite je ne suis pas « son amie ».

Quel dur retour à la réalité après le bonheur qu'elle venait d'éprouver dans les bras de Todd! Le plus pénible était encore de se retrouver face au sourire pincé et au langage lent et alambiqué de Léonard.

— Désolé d'être arrivé au mauvais moment, fit celui-ci d'une voix traînante. J'ignorais qu'il y avait quelque chose entre M. Alexander et vous.

— Il n'y a rien entre nous, rien du tout. M. Alexander commençait simplement à se montrer un peu trop... entreprenant avec moi.

Alicia se sentit confuse de mentir ainsi, mais après tout, Todd s'était comporté de façon plus qu'injuste envers elle en la traitant lui aussi, à sa manière, comme « son amie ».

Léonard ne parut pas le moins du monde embarrassé par la situation qu'il venait de créer. Quand il proposa à Alicia de descendre avec lui se promener, elle accepta avec plaisir, soulagée d'échapper à l'atmosphère tendue.

La douceur du printemps estompa son malaise. Les branches de porsythias, chargées d'une multitude d'étoiles jaune claire, ployaient gracieusement sous la brise. Les abricotiers et les mirabelliers, tapissés de fleurs blanches, se découpaient sur un ciel bleu pastel.

Alicia se laissa porter par le charme de toute cette végétation. Ils s'amusèrent un moment à débusquer le parfum des premiers lilas. Leur conversation roula quelque temps sur le jardinage et la botanique. Alicia se demandait ce qui avait bien pu la pousser à accepter l'offre de Léonard. Sans doute, la peur de la solitude. Si elle avait su que Todd déménageait ce week-end, elle aurait tout fait pour éviter la visite de son collègue.

De retour chez elle, il s'affala dans un fauteuil et entreprit un interminable monologue sur « Alexander et Cie », son avancement, son travail de recherche. Elle l'écouta poliment, attendant avec impatience le moment où il arrêterait de parler de lui-même. Mais il était devenu intarrissable sur ce sujet!

Quand arriva l'heure du dîner, elle se demandait comment elle parviendrait à le faire partir, tant il était plongé dans ses préoccupations, hors du temps. Elle se leva pour préparer son repas.

— Oh, mais il est tard, je vous dérange, s'écria-t-il, revenant brusquement sur terre.

Elle n'eut pas le courage de le détromper.

En refermant la porte derrière lui, elle songea qu'elle n'avait jamais eu autant de plaisir à voir partir un invité. Un silence absolu régnait dans la maison. Aucun bruit ne montait du rez-de-chaussée;

Todd était donc absent. Elle se glissa dans les couvertures et s'endormit profondément.

Quand elle se réveilla, il devait être déjà tard car le soleil filtrait à travers les volets clos, zébrant le plafond de raies lumineuses. Elle enfila un pantalon de toile couleur lavande, un chandail du même ton et s'assit devant sa coiffeuse. Elle fit crépiter ses cheveux dorés sous la brosse, comme la braise sous l'action du soufflet. Elle prépara ensuite son petit déjeuner.

On sonna à la porte. Todd entra, une cruche à la main, l'air désinvolte. Les manches de sa chemise vert bouteille étaient roulées au-dessus des coudes; son pantalon, serré à la taille par une large ceinture de cuir fauve, ne laissait deviner aucune trace d'embonpoint.

A la vue de son « voisin », Alicia émergea de la paix tranquille du dimanche matin et se sentit précipitée dans une tempête de sensations toutes plus contradictoires les unes que les autres.

— Je suis désolé de vous déranger, mais...

— Mais vous avez oublié de prévenir le laitier de vous livrer? Vous avez besoin d'une femme pour prendre soin de vous.

— Vous vous proposez de combler le vide ou bien êtes-vous déjà retenue ailleurs?

— C'est vrai. Le prince charmant de mes rêves m'a proposé de l'épouser, fit-elle, battant ironiquement des paupières.

— Eh bien, conclut-il en riant, à défaut de prince charmant, contentez-vous d'un être en chair et en os, dénommé Alexander.

— Vous me faites une proposition, monsieur? s'esclaffa-t-elle, tout en remplissant la cruche de lait.

— Mais très certainement. A titre provisoire, bien entendu.

— Serait-ce que mon portrait conviendrait à

votre cadre ? riposta Alicia, deux fossettes ironiques creusant ses joues roses.

Il tressaillit légèrement, et sa voix se durcit :

— Le cadre restera vide jusqu'à ce que je trouve celle que je choisirai pour compagne.

— Votre princesse idéale, romantique à souhait, tout aussi irréelle que mon prince charmant.

— Dans ce cas, répondit-il en haussant les épaules, le cadre restera vide... En attendant, vous pourriez peut-être faire l'affaire ?

— Ne comptez pas sur moi, « Monseigneur ». Je ne serai jamais « une » parmi tant d'autres.

— Je tâcherai de ne pas l'oublier, Miss Granger, fit-il, sentencieux.

Il allait sortir quand il se retourna vers elle, les yeux moqueurs.

— Au fait, comment s'est passée cette soirée avec votre ami ?

— L'après-midi, rectifia-t-elle aussitôt. Bien, je vous remercie.

— Vous voulez me faire croire qu'il n'est pas resté jusqu'à ce que vous...

— Nous n'avons rien fait du tout, lança Alicia, hors d'elle. J'étais sincère en vous disant que depuis ma rupture avec Jake, je ne voulais pas me lier avec quiconque... Et vous, votre sortie d'hier soir était-elle agréable ?

— Très. On me surveille, Miss Granger ?

Piégée, Alicia rougit et se hâta d'expliquer :

— J'ai vu que que tout était éteint chez vous en raccompagnant Léonard. Il n'y a rien de mal à cela, n'est-ce pas ?

— En effet, rien du tout.

Avant de disparaître, il leva la cruche de lait en direction d'Alicia, comme pour trinquer, et sortit.

L'après-midi traîna en longueur. Elle aurait bien invité Todd à déjeuner mais s'abstint, ne voulant pas lui donner l'impression qu'elle le courtisait, comme il le lui avait déjà suggéré. De plus, elle n'aurait pu supporter l'idée d'essuyer un refus de sa part.

Agacée de se morfondre, elle voulut regarder la télévision, mais l'éteignit presqu'aussitôt; elle ne parvenait pas à se concentrer sur l'image. Elle décida d'aller se promener; peut-être qu'en chemin, elle rencontrerait Todd?

Arrivée au bas de l'escalier, elle ne le vit nulle part, mais sa porte était grande ouverte. Elle ne put résister à la tentation d'entrer. Son esprit eut beau lui crier de ne pas agir ainsi, que Todd n'était qu'un voisin, ses jambes l'entraînèrent presque malgré elle!

« Si je faisais la vaisselle? » se demanda-t-elle en voyant les couverts et les assiettes sales empilés dans l'évier. Aussitôt le prétexte trouvé, elle se mit à l'ouvrage. Puis, Todd n'étant toujours pas revenu, poussée par la curiosité, elle se rendit dans la troisième pièce — celle qui correspondait à cet étage à la chambre d'Alicia.

Là, elle eut le souffle coupé : il l'avait entièrement meublé de ses outils de travail. Des étagères surchargées de dossiers et de livres recouvraient les murs, un vaste bureau occupait le centre de la pièce ainsi qu'une planche à dessin. Sur les grandes feuilles blanches on pouvait voir des esquisses d'automobiles, accompagnées d'explications techniques, griffonnées dans les coins.

— Vous faites de l'espionnage, Miss Granger?

6

Un frisson parcourut Alicia, et la honte colora ses joues. Une fois de plus, ses gestes seraient mal interprété. Désespérée, elle tenta de plaisanter :

— Bien sûr, j'ai même une caméra invisible cachée dans la poche de mon pantalon !

A sa grande surprise, Todd s'approcha vivement d'elle sans la quitter du regard. Arrivé à sa hauteur, il lui encercla les épaules de son bras gauche tout en promenant la main droite le long de son corps pour la fouiller. Visiblement, il avait pris au sérieux ce qui n'avait été pour elle qu'une plaisanterie.

Alicia aurait voulu s'indigner, crier, tempester, mais sa voix la trahit.

— Je... Arrêtez, s'entendit-elle balbutier.

Les doigts de Todd continuaient à la palper nerveusement. Quand il se fut assuré qu'elle ne dissimulait rien sur elle, il la relâcha brusquement. Son visage livide effraya la jeune fille.

— Vous ne croyez tout de même pas que je puisse tomber assez bas pour me livrer à de l'espionnage industriel... Que se passe-t-il ? implora-t-elle, au bord des larmes.

Il se taisait.

— Fouillez-moi donc entièrement, si c'est cela que

vous pensez. Déshabillez-moi et vous verrez bien, cria-t-elle, comprenant trop tard l'ambiguïté de ses propos.

— Alicia, la belle espionne, railla-t-il. D'accord, déshabillez-vous.

Elle s'immobilisa, impuissante à contrôler le tremblement de son corps; ses yeux fixaient les mâchoires crispées de Todd.

— Allons, dépêchez-vous, ou c'est moi qui...

— Ne soyez pas ridicule, articula-t-elle péniblement, la gorge sèche.

D'un geste nerveux, il agrippa l'échancrure de son corsage, faisant sauter les boutons. Elle saisit ses mains pour les repousser mais au contact de sa peau, elle tressaillit. Il exerçait sur elle un attrait si puissant que sa révolte fondit comme neige au soleil. Elle se jeta dans ses bras, enfouissant la tête au creux des larges épaules. Sa raison n'offrait plus aucune résistance et seul le nom de Todd lui venait sur les lèvres. Eperdue, elle s'en remettait à lui comme l'oiseau qui vient de se poser au creux de la main. Il glissa les doigts le long de son cou et, forçant un passage entre leurs corps enlacés, il les posa tendrement sur le cœur battant d'Alicia.

Quand sa bouche s'empara de la sienne, toute notion de temps disparut et la pièce où ils se tenaient blottis, s'évanouit comme par enchantement. Elle se laissa guider à travers un flot de sensations bouleversantes, toutes plus nouvelles les unes que les autres. Lorsqu'à bout de souffle, ils se séparèrent, Alicia se tint un long moment debout, immobile, les yeux rivés à ceux de Todd.

— Seriez-vous en train de trahir vos souhaits, de vous offrir à moi? Vos bonnes résolutions se seraient si vite envolées? glissa-t-il sournoisement dans son oreille.

Le cœur d'Alicia se serra : toute l'amertume de

Todd se dressait à nouveau entre eux. Si seulement elle pouvait lui en montrer la faille, le convaincre qu'elle ne le décevrait jamais comme l'avait fait son ex-fiancée...

Elle s'aperçut soudain que la main de Todd pressait toujours son cœur battant.

— Retirez votre main, ordonna-t-elle sèchement, luttant contre la vague de désir que le contact de ce corps musclé faisait naître en elle.

Il obéit sur-le-champ, enfouissant les deux poings serrés au fond de ses poches.

— Todd, vous ne pensez tout de même pas que j'aurais commis une action pareille?

— Jouer les espionnes apprivoisées?

Les yeux mi-clos, il la dévisagea attentivement, comme un peintre prenant du recul face à sa toile.

— Vous avez d'immenses yeux bleus honnêtes et votre bouche sensuelle respire la sincérité...

— Avez-vous confiance en M. Seager? reprit-elle, la réponse de Todd l'ayant laissée sur sa faim.

— Une confiance sans réserve.

— Si *lui* me croit, triompha-t-elle, alors *vous,* vous devez me croire aussi.

Il ne répondit pas immédiatement, semblant livrer un étrange combat intérieur.

— Je vous accorderai le bénéfice du doute, murmura-t-il enfin.

— Quand je suis descendue ici, je n'ai fait que laver la vaisselle.

— En tant que secrétaire modèle, ou en tant que parfaite maîtresse de maison?

— Les deux!

— Je m'en souviendrai. Je me félicite d'avoir acheté cet appartement. Avec une voisine comme vous, je ne manquerai de rien, n'est-ce pas?

— De rien, reconnut-elle, la bouche rieuse.

En un éclair, il la saisit à la taille, la soulevant sans peine de ses bras musclés.

Alicia s'effraya : si elle ne se défendait pas, dans quelques instants, il serait trop tard pour lui échapper.

— Non Todd, je vous en prie... pas maintenant, cria-t-elle.

— Détendez-vous, mon amour, chuchota-t-il. Appelez cela comme vous voudrez : une agréable façon de passer son week-end, par exemple !

Une fois de plus, ses lèvres paralysèrent les siennes, brisant son indignation. Peu à peu, son désir anesthésiait tous ses interdits. Bouleversée, elle se soumit à ses caresses impétueuses, incapable de résister davantage.

Le téléphone sonna...

— Au diable ce trouble-fête ! Pourquoi n'ai-je pas débranché ce maudit appareil ? maugréa Todd en lui effleurant la bouche de ses lèvres chaudes.

Il la saisit aux poignets et l'entraîna derrière lui jusqu'au combiné.

— Ici Alexander... Roy ? Quoi ? Si vous avez interrompu ma sieste ? Presque ! répondit-il, jetant un coup d'œil à Alicia.

Une longue conversation technique s'ensuivit. Consciente qu'il s'agissait du nouveau prototype, elle tenta de s'éclipser discrètement. Mais il la retint violemment, l'immobilisant à ses côtés. Il ne la relâcha que lorsqu'il eut raccroché.

Elle frotta nerveusement ses poignets endoloris.

— J'espère que vous n'avez rien perdu de la conversation, s'exclama-t-il. Demain j'en veux le compte rendu dactylographié.

— Vous ne parlez pas sérieusement ?

Todd rejeta sa tête en arrière et partit d'un grand éclat de rire.

— On dirait que je viens de prononcer une

sentence de mort! Non, je ne plaisantais pas! Vous le ferez ou bien... c'est la guillotine, reprit-il en joignant le geste à la parole.

— Mais voyons, Todd, je me suis efforcée de ne rien entendre.

— Regardez, fit-il en montrant un minicassette sur la table du téléphone, voilà l'enregistrement. J'en veux vingt-cinq photocopies.

— Je devrais me venger pour toutes les frayeurs que vous m'infligez.

— Je vous fais peur?

— Avec vous, Todd, j'ai eu mon compte d'émotions pour la fin de mes jours!

— Ma chérie, je... commença-t-il gravement.

Mais il n'ajouta rien. De nouveau, il la serra à la taille et ses yeux, devenus sombres comme de l'ébène, fixèrent Alicia. Hypnotisée par le magnétisme de son regard, elle attendit, incapable de prononcer une parole.

Quand il l'embrassa, elle lutta désespérément contre la brutalité de ses baisers, entraînée par le cri muet de son amour pour lui. Y avait-il autre chose que du désir derrière la violence de cet homme? Peut-être était-ce sa façon d'aimer?

Mais avec une méchanceté évidente, il vint briser tous ses espoirs.

— Pauvre Jake, lança-t-il, je me demande ce qu'il aurait pensé en apprenant que vous vous êtes aussi vite remise de votre rupture.

— Vous êtes aussi vénimeux que le plus mortel des serpents, cria-t-elle en se rejetant en arrière. J'aurais dû me souvenir à quel point vous haïssiez les femmes. Elles sont là juste pour satisfaire vos caprices.

Todd s'assit nonchalamment sur le bord de la table et acquiesça : son impassibilité la transperça comme un coup de poignard. Il retira méticuleusement la cassette de l'enregistreur et la lui tendit.

— Tenez et que le travail soit terminé demain après-midi.

Une vague de frissons parcourut le dos d'Alicia.

— A vos ordres! Qui êtes-vous à présent : le patron inaccessible ou l'amant fougueux? Mais ne répondez pas; je sais. En tout cas, laissez-moi vous dire : ce n'est pas de sitôt que je chercherai votre compagnie ni même que je jouerai les voisines attentionnées!

— « Voisine attentionnée »? susurra-t-il. C'est ce que vous étiez quand vous vous précipitiez dans mes bras?

En pénétrant dans son bureau le lundi matin, Alicia faillit se heurter dans Léonard. Que faisait-il là, devant sa table?

— Vous me cherchiez? J'espère que ce n'est pas pressé parce que...

Elle se mordit les lèvres pour éviter toute allusion à un travail urgent. Dieu sait comment il interpréterait ses paroles. Elle ne lui faisait que trop confiance pour mettre à profit la moindre parcelle d'information.

— Parce que quoi? insista-t-il.

— Parce que j'ai à cœur de prouver que je suis à la hauteur de mon nouveau travail. Tout comme vous, du reste.

Elle ouvrit son sac pour prendre la clef de l'armoire où étaient dissimulés les rapports quand elle se ravisa : ce serait un geste bien trop imprudent devant Léonard.

— J'ai... j'ai passé un bon après-midi, samedi, fit-elle avec entrain pour détourner l'attention du jeune homme.

— Moi aussi. C'était très agréable. J'espère que cela se reproduira.

— Je dois travailler maintenant, se hâta-t-elle d'ajouter, esquissant un pâle sourire.

Il partit enfin. Quand le silence revint, elle perçut un peu d'agitation venant de l'autre côté de la cloison. Elle vit la silhouette de Todd, assis à son bureau. Il avait donc pu suivre toute leur conversation. Elle ne put s'empêcher de s'attarder un moment sur le contour familier de sa large carrure, admirant l'élégance de son maintien.

La sonnerie du téléphone la tira brusquement de sa rêverie.

— Quand vous aurez fini de regarder béatement l'homme assis de l'autre côté de la cloison, vous viendrez me voir, fit la voix tranchante de Todd Alexander.

Il était donc d'humeur massacrante. Mieux valait se montrer conciliante et réservée, soupira-t-elle en entrant dans son bureau.

— Mais vous passez toutes vos journées en compagnie de votre ami Léonard, persifla-t-il.

— C'était juste un bonjour amical, monsieur, répondit-elle avec une politesse affectée.

— Je me demandais justement quand j'allais avoir droit à nouveau à vos grimaces artificielles. Que faisait donc M. Richardson dans votre bureau avant votre arrivée?

— Dans mon bureau? Mais comment se fait-il...

— C'est à vous de me le dire, Miss Granger!

— Si je le pouvais, je le ferais!

— Cela suffit! Tenez, voilà le travail à faire et, une dernière fois, je vous recommande une discrétion totale.

— Pourquoi doutez-vous constamment de moi? lança-t-elle rageusement.

— C'est vous qui êtes trop susceptible sur la question.

— N'est-ce pas plutôt votre aversion pour les

femmes qui vous joue des tours ? Peut-être devrais-je changer de sexe, se moqua-t-elle.

— Petite insolente ! fulmina-t-il.

Il détailla sa silhouette finement moulée dans une élégante robe bleu nuit.

— Si nous étions ailleurs qu'ici, poursuivit-il, furieux, je vous aurais fait payer cher votre impudence. Et maintenant, allez-vous-en !

— Bien, monsieur le directeur.

Elle s'inclina poliment, évitant son regard noir.

Elle se mit au travail sans plus tarder, transcrivant minutieusement chaque parole de la communication téléphonique. Elle approchait de la fin de l'enregistrement quand un bruit dans son dos la fit sursauter. Se retournant, elle aperçut Léonard, négligemment adossé au chambranle de la porte.

— Que me voulez-vous ? s'écria-t-elle, appuyant nerveusement sur la touche « arrêt » de l'appareil.

Il était déjà à ses côtés, parcourant des yeux la feuille dactylographiée. Elle la rangea en hâte dans une chemise et murmura anxieusement, consciente de la présence toute proche de Todd :

— Partez, par pitié, partez et laissez-moi tranquille.

Elle pointa son doigt en direction de la cloison où l'on discernait très nettement le profil de leur directeur. Mais Léonard parut ne pas comprendre.

— Je ne fais rien de mal ! s'écria-t-il, irrité. Je voulais seulement vous dire...

Elle vit Todd se lever et se mettre à arpenter nerveusement la pièce.

— Ecoutez, si vous tenez absolument à me parler maintenant, sortons ! fit-elle, excédée.

Quand ils furent dans le couloir, Léonard enfouit les mains dans ses poches et annonça d'un ton solennel :

— Je voulais vous prévenir que je serai absent ce midi.

— C'est tout? s'exclama-t-elle, décontenancée par ses airs de mystère. C'est bon, je mangerai seule. Mais la prochaine fois que vous aurez quelque chose à me dire, frappez avant d'entrer!

Lui jetant un regard perplexe, il haussa les épaules et s'en fut.

Lorsqu'elle eut regagné son bureau, Todd avait disparu et ne revint pas de la matinée.

Après une rapide collation au café le plus proche, elle flâna un moment le long des quais. Le spectacle de la foule qui se pressait, la fascinait comme les premiers films muets, où les personnages s'agitaient en tous sens, tels des pantins désarticulés. Elle s'adossa au parapet, promenant son regard sur cette scène familière qu'était devenue pour elle la cité de Londres.

D'anciens lampadaires de bronze se découpaient sur un fond de hautes constructions récentes aux vitrages étincelants. A l'inverse, l'autre rive contrastait singulièrement, par ses vieux immeubles noircis par le temps, avec toute l'architecture moderne de cette rive-ci. S'il n'avait été midi, on aurait pu croire que le soleil avait déserté un côté de la Tamise, jetant l'autre bord dans l'ombre du soir.

Ses yeux s'arrêtèrent un long moment sur l'aiguille de Cléopâtre : au sein de toute cette agitation, elle lui parut étrangement immobile, presque anachronique dans ce monde anonyme, en perpétuelle effervescence.

Une sirène de voiture de pompiers la tira brutalement de ses songes; jetant un coup d'œil à sa montre, elle se hâta de rentrer. Todd serait-il encore absent? La perspective de sa présence juste sous son appartement la remplissait de joie, et elle accéléra le pas comme allégée par cet événement.

En arrivant chez « Alexander et Cie », elle se trouva une fois de plus face à Léonard.

— Qu'y a-t-il encore? fit-elle, agacée. Vous hantez mon bureau!

Il eut un rire étrange, difficile à définir, qui transpirait l'autosatisfaction.

Tout à coup, elle remarqua qu'il portait de nouveaux vêtements. Il avait échangé ses habits étriqués contre un costume « trois pièces » en « Prince de Galles », égayé par une luxueuse cravate en soie.

— Je vous plais? s'enquit-il, en pivotant sur lui-même.

— Vous avez dû dépenser une fortune?

— Pas tout à fait, mais presque! J'ai aussi acheté des chemises de grande marque et deux paires de chaussures. Si vous voulez vous faire une situation, il faut s'habiller en conséquence, n'est-ce pas?

— Oui... mais tout de même, vous exagérez un peu, murmura-t-elle, ébahie par l'état d'excitation où il baignait. Espérons que votre élégance vous porte chance, conclut Alicia, mi-figue mi-raisin.

M. Seager s'approcha d'eux et lança un coup d'œil en direction du jeune homme.

— Vous avez rendez-vous avec la famille royale aujourd'hui, Richardson? Vous seriez tout à fait à la hauteur de la situation, tiré à quatre épingles comme vous l'êtes!

Tout en réprimant un fou rire, Alicia se hâta vers son bureau. Par certains côtés, se dit-elle, Léonard ne manquait pas de naïveté.

Elle abattit un tel travail cet après-midi-là que l'heure de fermeture des bureaux arriva à l'improviste. Aucun des directeurs n'était rentré, si bien qu'elle se demanda comment elle pourrait leur remettre les documents. Todd les avait pourtant réclamés pour le jour-même. Elle eut alors l'idée de les emporter chez elle, afin de les lui descendre au cours de la soirée.

Heureuse d'avoir un aussi bon prétexte pour le revoir, elle accéléra le pas. Mais lorsqu'elle arriva devant leur bloc d'immeubles, elle vit immédiatement que sa voiture n'était pas au parking. Il n'était donc pas rentré.

Déçue, elle gagna son appartement à pas lents, où elle erra un long moment comme une âme en peine. Etait-il donc possible que la présence de Todd lui soit devenue à ce point indispensable? se demandait-elle, effrayée.

Ni la télévision, ni un bon livre ne purent retenir son attention, tant le souvenir de cet être, tantôt sauvage, tantôt raffiné, l'obsédait.

Elle prit un bain chaud et se lava les cheveux pour se détendre. Elle s'observa pensivement quelques minutes dans le miroir qui couvrait l'un des murs de la salle de bains. Sa chevelure souple et soyeuse encadrait gracieusement l'ovale de son visage, mettant en valeur ses grands yeux bleus énigmatiques. Pour la première fois, elle se regardait avec indulgence, découvrant, non sans plaisir, la finesse de ses traits. Mais les doutes qu'elle nourrissait à l'égard de Todd ternirent sa satisfaction : n'y avait-il en lui que du désir? Peut-être son manque de confiance envers les femmes faisait-il avorter son amour naissant?

Tristement, elle regagna sa chambre, où elle enfila ses vêtements de nuit. Accaparée par ses pensées, elle accomplit ces gestes de façon quasi rituelle et se glissa dans son lit sans avoir envie de dormir. Elle resta à l'affût du moindre bruit, les yeux grands ouverts sur l'obscurité, guettant les pas de celui qui lui manquait tant.

La nuit était déjà bien avancée, lorsqu'elle perçut une vague rumeur montant du rez-de-chaussée. Elle passa sa robe de chambre, enfila ses chaussons et glissa ses doigts fébriles dans ses cheveux pour redonner un peu d'ordre à sa coiffure. Saisissant la pochette de documents, elle descendit, le cœur battant.

A hauteur du dernier palier, elle s'immobilisa, incapable de faire un pas de plus. Todd n'était pas seul. Une très belle jeune femme l'accompagnait, lui parlant à voix basse en riant. Ses vêtements de haute couture moulaient une taille mannequin, soulignant le galbe parfait de ses jambes. Elle ne semblait que trop consciente de son charme : ses gestes étaient empreints d'une élégance calculée.

« Tout à fait son genre de femme », se dit rageusement Alicia, en notant la bonne humeur de Todd. La mort dans l'âme, elle pivota sur ses talons et s'apprêta à s'éclipser discrètement quand il l'interpella.

— Vous me cherchiez?

— Je puis attendre, répondit-elle précipitamment, trop bouleversée pour se retourner.

Elle se recoucha sans conviction, ne sachant que faire pour mettre de l'ordre dans ses pensées. Le sommeil ne vint pas et elle se retourna cent fois dans son lit. Elle ne pouvait s'échapper dans les rêves, pas plus qu'elle n'avait pu se laisser bercer par un livre ou la télévision.

Elle entendit des rires provenant de l'entrée de l'immeuble et un joyeux : « Je vous ferai signe bientôt. » Cela n'était autre que la voix de Todd. Presque aussitôt, un moteur de voiture se mit à vrombir : son amie repartait donc chez elle, le laissant seul dans son nouvel appartement.

Après quelques secondes d'hésitation, Alicia se leva, saisit les documents et descendit jusque chez lui.

Visiblement, il l'attendait car il lui ouvrit immédiatement. Sa gaieté s'était évanouie, faisant place à une physionomie de marbre.

— Que vous arrive-t-il? demanda-t-il, les lèvres remuant à peine.

Alicia aurait préféré mille insultes à ce sourire figé et ces yeux indifférents. Mais elle se sentit bien trop fatiguée pour lui envoyer quelque pique et se contenta de lui rappeler ses directives.

— Je voulais seulement vous remettre les documents, étant donné votre insistance pour les avoir aujourd'hui.

— Et M. Seager?

— Il n'est pas rentré de l'après-midi. Par ailleurs, j'ai pensé que ces dossiers seraient plus à l'abri ici.

— Vous êtes pleine de bonnes intentions, fit-il, sarcastique, la tirant par le bras à l'intérieur. Vous avez sûrement les intérêts d' « Alexander et Cie » très à cœur.

— Mais oui, répondit-elle calmement, ne sachant où il voulait en venir. Je ne tiens pas à ce que ce dossier tombe entre de mauvaises mains.

— Ah oui? Et aux mains de qui faites-vous allusion?

Lassée de ses remarques perfides, elle haussa les épaules d'un air résigné. Elle n'allait tout de même pas se mettre à lui parler de Léonard Richardson. D'ailleurs, son collègue, en quête de promotion, avait obtenu satisfaction. Il eût été injuste d'attirer la suspicion sur lui, sans qu'elle possédât la moindre preuve de malhonnêteté de sa part. Elle lui tendit donc les rapports dans mot dire.

— Votre travail est plus que parfait, remarqua-t-il, un rien de méchanceté dans la voix.

— M. Alexander est en veine de compliments! Quel événement! Permettez-vous que je m'évanouisse quelques instants?

Il se dérida enfin; la prenant par la taille, il l'entraîna sur le divan où il s'installa à ses côtés.

Alicia remarqua ses traits tirés; elle ne put s'empêcher de le lui faire observer.

— Vous avez les yeux cernés. Votre rendez-vous de ce soir vous a donc épuisé?

Il posa le regard sur ses cheveux dorés, ses joues roses, baissant les yeux peu à peu sur sa robe de chambre jusqu'à ses pieds nus, glissés dans ses chaussons brodés.

— Il me faudrait bien plus qu'un simple repas d'affaires avec ma comptable pour m'épuiser. Même vous, ma sorcière de voisine, pourriez découvrir que ma réserve d'énergie et de sensualité est inépuisable!

Il eut un sourire satisfait en voyant le rouge lui monter aux joues. De sa main libre — l'autre tenait toujours Alicia — il défit sa cravate et déboutonna tranquillement sa chemise.

A la vue de sa poitrine nue, ferme et musclée, la jeune fille détourna vivement les yeux pour endiguer le flot de désir qui l'assaillait. Elle maudit la transparence de son trouble qui n'avait pas échappé à Todd.

Il lui pinça doucement la joue en riant.

— Ma petite fée me désire?

En vain, essaya-t-elle de se soustraire à l'ardeur de son regard. Elle trouva la jalousie comme arme de défense, murant fièrement sa passion en elle.

— Votre comptable, cette femme sophistiquée?

— En doutez-vous? C'est un cerveau admirable. Ce qui n'enlève d'ailleurs rien à son charme. Elle est particulièrement bien dotée de tout ce « tissu » qui fait la trame des relations mondaines.

— Elle a tout pour plaire! s'écria Alicia, écœurée. Je déteste les femmes de son genre : intelligence, beauté... C'est injuste pour toutes celles qui ne peuvent avoir les deux!

Elle s'effraya de sa soudaine animosité et constata que cela faisait les délices de Todd.

— Allez, Miss Granger, rapprochez-vous encore de moi... non, plus près encore.

Elle fit un violent effort pour ne pas répondre à sa demande. Ce fut peine perdue car en moins d'une seconde, il avait franchi l'espace qui les séparait, mêlant étroitement leurs corps.

Alicia se trouvait à présent là où ses rêves l'avaient conduite auparavant : ses joues brûlantes pressaient le cœur de Todd, suivant le rythme de sa respiration saccadée. Baissant la tête, elle enfouit son visage dans sa poitrine, la caressant de ses lèvres tremblantes de désir. Du bout de ses doigts, elle explora timidement sa peau lisse, s'arrêtant ici et là pour y tracer quelques paroles d'amour imaginaires. Elle sentit alors son rire grave résonner à travers tout son corps. Avant qu'elle n'ait pu réagir, il l'avait étendue sur le divan, sa bouche parcourant le même chemin que la sienne l'instant d'avant.

— Non, Todd, arrêtons-nous ! s'écria-t-elle, lorsqu'il lui effleura les seins de ses doigts impatients.

Ignorant sa peur, il l'embrassa jusqu'à ce que le désir grondant en elle devienne insupportable. Plus sa raison s'engourdissait et plus ses sens s'aiguisaient, la projetant dans une joie sans bornes. Elle ne souhaitait plus qu'une chose : lui rendre bien au-delà des mots tout le bonheur qu'il lui donnait.

— Todd, Todd, haleta-t-elle, je vous désire...

Mais cette fois, elle ne put s'empêcher de lui crier la source de son désir, sa raison d'être là, sa raison de vivre.

— Todd, je vous aime...

Il ne répondit rien, absorbé par la fougue de ses propres baisers. Appuyant sa tête au creux des coussins, elle lui répéta ces mots qu'elle avait si longtemps gardés au fond d'elle-même.

— Dites-moi que vous m'entendez, je vous aime...

Un secret nous sépare. 4.

Il releva lentement son visage jusqu'au sien, et ses yeux sombres la contemplèrent.

— Alicia, voulez-vous m'épouser? murmura-t-il.

Elle tressaillit. Ses mots, ceux de Todd, leurs corps, tout fondit en un tourbillon.

La question vint à nouveau, cette fois plus pressante :

— Voulez-vous être ma femme?

7

Abasourdie, Alicia fixait Todd. Elle avait beau retourner sa question dans tous les sens, cela dépassait son entendement. N'avait-il pas à maintes reprises condamné les femmes, les traitant sans merci ? Bien loin de lui suggérer qu'elle fût différente des autres, il l'avait au contraire jugée comme artificielle, effrontée, se montrant plus que défiant à son égard. Ne serait-ce pas là une cruelle plaisanterie de sa part ?

Elle scruta son visage mais rencontra son regard incendiaire.

— Répondez-moi, Alicia. Voulez-vous m'épouser ?

— Mais Todd, vous disiez que... commença-t-elle, les lèvres sèches.

— Vous m'aimez. N'est-ce pas ce que vous avez dit ? Ou est-ce que, emportée par votre élan, vous ne saviez plus ce que vous disiez ?

— Non, non. Je vous aime, Todd. Depuis longtemps déjà. Avant même que vous ne me remarquiez, alors que j'étais encore liée à Jake, votre présence me troublait. C'était pareil à un feu couvant sous la cendre. Ensuite, au contact l'un de l'autre, nous avons été comme embrasés, sourit-elle doucement.

Il ne lui rendit pas son sourire. Il l'écoutait attentivement, le visage tendu.

— Jamais un homme ne m'a... jamais je n'ai aimé un homme avant vous...

— Alors, vous allez m'épouser, Alicia.
Ce n'était plus une question, mais une affirmation. Sa voix s'était faite impérieuse.
— Vous êtes sûr de ce que vous me demandez? fit-elle, tremblante.
Elle regretta aussitôt sa remarque. Elle comprit que, lorsqu'elle s'était abandonnée dans ses bras, il était resté, quant à lui, lucide, réfléchissant à ce qu'elle lui avouait. Elle avait cru qu'il l'avait entraînée à sa suite sur des sentiers de rêve, mais en fait elle les avait parcourus seule. Ce qui n'avait été pour elle qu'un souhait immense, était déjà pour lui réalité.
— Je sais ce que je dis, répliqua-t-il fermement.
Posant les mains sur les épaules nues de Todd, elle leva vers lui un visage rayonnant.
— Oui, oui. Je veux vous épouser.
Elle crut un instant voir passer dans ses yeux l'ombre d'un reproche. Elle ne parvenait pas à trouver dans son visage le reflet de son bonheur. Etait-ce une légère amertume qui relevait le coin de ses lèvres?
Son imagination avait dû la tromper car lorsqu'il l'embrassa, elle sentit leurs deux cœurs battre à tout rompre.
Soudain, la sonnerie du téléphone retentit, brisant leurs chuchotements de son appel strident.
Ses lèvres toujours sur les siennes, Todd laissa échapper un juron.
— Laissons-le sonner, ajouta-t-il, lascif.
Mais la sonnerie ne se tut pas et il finit par se lever, retirant délicatement les bras d'Alicia, l'un après l'autre.
— Qui peut donc vous déranger à cette heure-ci?
— C'est peut-être le laboratoire de recherches. C'est déjà arrivé une fois. Quand ils sont sur une piste, ils ne se laissent guère intimider par le sommeil d'autrui.

Elle se recroquevilla sur le divan en soupirant. Déjà, la chaleur de Todd lui manquait et elle ferma les yeux pour garder présente en elle l'ardeur de ses baisers. Perdue dans ses rêves, elle l'entendit s'exclamer :

— Déjà? Quand avez-vous eu l'information? Vers minuit! Diantre, ce scélérat va vite en besogne!

Gagnée par un léger sommeil, elle ne perçut pas la suite. Elle n'avait dû dormir que quelques minutes car lorsqu'elle se réveilla, Todd était campé devant elle, les mains sur les hanches. Des mèches rebelles retombaient sur son front sévèrement plissé; à ses lèvres serrées, elle devina instantanément que l'amant avait disparu laissant place au personnage implacable qu'elle ne connaissait que trop. Elle le dévisagea avec anxiété.

— Ai-je rêvé ou m'avez-vous demandé de vous épouser?

— Je vous l'ai bien demandé; vous avez accepté.

Il se pencha vers elle, et la prenant fermement sous les bras et les genoux, il se dirigea à pas vifs vers la porte d'entrée.

— Au lit! Votre lit, pas le mien.

Il avait prononcé cela sans plaisanter, déposant un bref baiser sur ses lèvres. Elle enroula un bras autour de son cou pour ne pas glisser et fronça les sourcils.

— Vous pouvez encore changer d'avis, fit-elle d'une voix incertaine. Je veux vous épouser, Todd, mais si vous...

— Non, coupa-t-il, lui souriant avec des yeux froids.

Un vague pressentiment serra le cœur d'Alicia. Où avait disparu l'être passionné qu'il avait été? Ils étaient redevenus étrangers l'un à l'autre.

Il gravit l'escalier, la portant aussi aisément qu'une enfant. La tête nichée au creux de son épaule, Alicia sentit sous sa joue les muscles tendus de Todd. Elle tressaillit au contact de sa peau et s'efforça de graver dans sa mémoire ces quelques instants d'accalmie. Il la déposa sur son lit, la fixant d'un regard indéchiffrable.

— Vous n'avez toujours pas confiance en moi, n'est-ce pas?

— Qu'est-ce qui vous fait dire cela? répondit-il en se croisant les bras sur la poitrine.

— Vous n'avez évidemment pas pardonné à votre ex-fiancée, les femmes vous...

— Une fois pour toutes, c'est *moi* qui ai rompu.

Une terrible amertume déformait sa voix. Alicia cria alors de dépit :

— M'épouser est pour vous une sorte de revanche?

— C'est ce que vous pensez?

Elle vit se durcir les muscles de ses mâchoires et l'expression indéfinissable de son regard la glaça. Elle ferma les yeux pour échapper à cette vision insupportable.

— Todd, je suis éreintée. Je... je ne sais plus très bien ce que je dis, ni ce que je pense, balbutia-t-elle en désespoir de cause.

Un silence pesant tomba sur eux.

Elle ouvrit les yeux, se demandant ce qu'il pouvait bien faire. Il l'observait toujours.

— Vous avez une bobine de fil? demanda-t-il brusquement.

— Oui... mais pourquoi? Vous en trouverez une dans le tiroir de la commode.

— Je veux vous acheter une bague de fiançailles. Mesurer avec du coton est le meilleur moyen pour connaître la bonne taille.

— Je ne peux pas vous accompagner?

— Si je ne devais pas m'absenter pour les quelques jours qui viennent, je vous répondrais que oui.

Mais... il vous faudra vous fier à mon goût en matière de bijoux.

— Je n'ai pas besoin de bague, fit-elle, tout en pensant exactement l'inverse.

Visiblement, les paroles d'Alicia lui déplurent, mais il ne fit aucun commentaire. Se dressant sur un coude, elle lui agrippa l'épaule.

— Faut-il que vous partiez? Vous allez me manquer terriblement.

— C'est vrai, Alicia? chuchota-t-il.

Assis au bord du lit, il épousa du bras la cambrure de son dos, creusant par son geste l'échancrure de sa chemise de nuit. Ses joues, durcies par la barbe naissante du soir se posèrent sur elle. Lorsqu'il releva la tête, sa peau rugueuse avait laissé des traînées rouges sur la sienne. De ses mains, il lui serra nerveusement les tempes.

Elle se sentit brisée par la rudesse de son étreinte. Pourquoi la prenait-il aussi sauvagement, sourd à ses cris plaintifs, ses lèvres furieuses ignorant sa fragilité? Si c'était là l'expression masculine de la passion, elle répondrait à son ardeur avec chaque fibre de son corps. Mais il paraissait secoué par une violente colère, indissolublement liée à sa tendresse.

— Ne me laissez pas ce soir, supplia-t-elle.

Ce qui n'avait été au départ qu'un vague sentiment de malaise avait grandi en elle en sombre pressentiment. Vainement, elle tenta de chasser la glaciale ironie de son regard.

— Ne me regardez pas ainsi, implora-t-elle, le visage livide. Je vais être votre femme, n'est-ce pas? Est-ce que ma tenue vous choque? fit-elle en baissant les yeux sur ses vêtements défaits.

Todd ne broncha pas.

— Dites-moi ce que je dois faire, je ne connais pas les règles de ce jeu.

Elle était à bout de forces. Les larmes aux yeux,

elle chercha sa main mais il se leva brusquement, se dérobant à sa caresse.

— Bonne nuit, ma fiancée passionnée, murmura-t-il. Puissiez-vous faire de beaux rêves, sans cauchemars ni prémonitions.

— Que voulez-vous dire? s'écria-t-elle.

Mais il était déjà sorti, tirant silencieusement la porte derrière lui.

Tout au long de la journée qui suivit, Alicia fut torturée à la pensée de ce que pouvait bien faire Todd. Passait-il encore son temps avec cette attirante comptable? Pourquoi avait-il eu besoin de l'emmener dîner, de la faire entrer chez lui? Recommencerait-il ce soir? Il paraissait tellement plus logique qu'ils discutent affaires dans les bureaux d' « Alexander et Cie ».

Elle n'arrivait pas à réaliser qu'ils étaient fiancés. Après avoir méprisé les femmes, Todd voulait se marier, et, qui plus est, avec elle!

Les paroles de M. Seager lui revinrent en mémoire : « Il aime avoir la liberté de choisir, de faire et de défaire. » Todd l'avait-il simplement mise à l'épreuve, sans s'engager pour autant?

Elle regarda son doigt nu comme si la bague de fiançailles y brillait déjà. Ne cherchait-il pas à abuser d'elle; après quoi, il pourrait rompre leurs fiançailles au premier prétexte? Il avait si souvent jugé l'acte du mariage comme aliénant!

— Vous avez une migraine, Miss Granger?

Elle sursauta en entendant la voix posée de Henri Seager. Pivotant sur sa chaise, elle se hâta de le détromper.

— Vous semblez agitée par de bien sombres pensées. Je suis venu car mon ami Alexander étant absent, je me permets de vous demander votre concours.

— Mais bien sûr, répondit-elle, s'empressant de le suivre dans son bureau.

— Je n'aime pas cet âge de technologie avancée, commença-t-il, le visage contrit. Toutes ces machines engloutissent les rapports humains. Je ne vois pas, pour ma part, le bénéfice de cette course effrénée contre la montre. Si vous voulez bien, je préférerai vous dicter de vive voix.

Alicia lui adressa un sourire indulgent. Henri Seager était un personnage attachant. Avec ses sandwiches, sa réticence aux techniques modernes, le couple heureux qu'il formait avec sa femme après tant d'années de mariage, il paraissait vivre dans un autre siècle, à un rythme différent des autres. « Si seulement son monde paisible pouvait être aussi le mien », soupira-t-elle.

— Je crois comprendre qu'il me faut vous féliciter, Miss Granger? N'ayez pas l'air aussi ahurie, poursuivit-il en riant. Todd m'a téléphoné avant de partir pour le laboratoire Sander.

C'était donc là qu'il s'était rendu. Soulagée d'un poids immense, elle leva vers lui un visage radieux.

— Ah, voilà qui est mieux! s'exclama-t-il en voyant son regard s'éclaircir. Qu'est-ce qui pouvait donc vous préoccuper ainsi? Todd a choisi enfin l'élue de son cœur. Une femme pour son cadre-photo. il n'aurait guère pu mieux tomber pour avoir un beau portrait et une compagne aussi remarquable!

Un frisson la parcourut : à nouveau, un indicible malaise l'envahissait. Sans qu'elle pût dire pourquoi, elle eut la certitude que son visage n'égayerait jamais le cadre-photo.

Cachant son angoisse derrière un petit rire, elle attendit patiemment qu'il lui dictât ses notes.

La journée fut morne et sans incidents. Le midi, elle chercha Léonard mais il avait disparu, probablement accaparé par ses nouvelles tâches. Si bien que lorsqu'elle quitta « Alexander et Cie », elle n'avait adressé la parole à personne, mis à part les quelques minutes d'entretien avec M. Seager.

Elle se dirigeait à pas lents vers sa station de métro, quand une main lui tapota l'épaule. Se retournant vivement, elle reconnut Léonard, tout essoufflé, le visage rouge.

— Vous êtes pressée?

— Que voulez-vous? demanda-t-elle, légèrement irritée.

— Pourrions-nous prendre un café quelque part? Je voudrais vous parler.

Etonnée, elle acquiesça et ils se dirigèrent vers un grand *pub* occupant l'angle de deux avenues.

Quand ils furent servis, Léonard extirpa de sa poche une boîte plate et allongée.

— Je... J'ai pensé que ceci vous ferait plaisir.

— Ce n'est pas mon anniversaire, fit-elle, appréhendant la signification du geste de son collègue.

Il déballa soigneusement ses deux petits morceaux de sucre, les faisant tomber l'un après l'autre dans sa tasse de café. Il agita lentement la cuillère, le regard perdu dans les sombres reflets du liquide brûlant.

Devant son silence, Alicia défit le cadeau. D'une main hésitante, elle ouvrit le coffret de cuir et poussa un cri de stupéfaction. Un magnifique collier en or brillait sur un fond de velours bleu nuit. D'où lui venait tout cet argent? songea-t-elle, suffoquée.

— Je ne comprends pas, Léonard. Pourquoi vouloir m'offrir un collier aussi somptueux? Je ne peux pas l'accepter. Nous... nous sommes de bons amis, mais...

— Je suis devenu un chercheur, interrompit-il, la fierté brillant dans ses yeux bleu pâle. Pourquoi n'en profiteriez-vous pas? C'est grâce à vous que je suis

arrivé là et que j'ai toutes les chances d'aller plus loin.
— Non, non, je ne vous ai pas vraiment aidé, protesta-t-elle, tout en s'interrogeant sur ses intentions véritables.
— Votre secours m'a été précieux, plus que vous ne pouvez l'imaginer, fit-il sur un ton péremptoire. Prenez ce collier. Je me sentirai moins fautif de vous avoir mise à contribution. D'ailleurs, n'étiez-vous pas un peu fâchée contre moi?

C'était vrai, elle l'avait mis — involontairement — sur la piste des rapports secrets, et il avait abusé de sa franchise. Seulement, à en juger d'après les propos de Todd, la promotion de Léonard était en partie fictive et à ce moment précis, elle regretta amèrement d'être dans la confidence. Elle était peinée pour son camarade.

— Ce collier est magnifique, mais je dois refuser, reprit-elle, secouant catégoriquement la tête.
— Alicia, fit-il, la voix tremblante, je serais terriblement blessé si vous refusiez. J'aurais préféré vous offrir une bague mais je sais bien que... que vous ne m'aimez pas, acheva-t-il d'un trait, sans oser la regarder.

Elle se tut, cherchant désespérément une issue à cette situation épineuse. Si Léonard était amoureux d'elle, pourquoi ne lui avait-il pas fait part de ses sentiments plus tôt? Sans doute par fierté; il voulait d'abord chercher une meilleure situation. Elle ne pouvait guère lui parler de ses fiançailles avec Todd. D'ailleurs, jamais celles-ci ne lui avaient paru plus irréelles qu'en cet instant.

— Mettez-le, Alicia. Au nom de notre amitié, si vous voulez... Depuis mon enfance et jusqu'à notre rencontre, je n'ai jamais eu d'amis.

Il se pencha vers elle, saisit le collier, et avant qu'elle n'ait pu protester davantage, il le lui glissa autour du cou.

Après quelques secondes d'hésitation, Alicia passa ses doigts derrière sa nuque pour le défaire. Elle cherchait nerveusement la fermeture lorsqu'un flash l'aveugla. Stupéfaite, elle laissa retomber ses bras sur la table.

— Léonard, pourquoi m'avez-vous photographiée?

— Pour avoir la trace d'un des rares succès de ma vie, répondit-il, la tête basse.

Elle fut prise de remords à l'idée de le peiner davantage. Elle se sentait coupable de ne l'avoir aidé qu'en apparence, de lui refuser une grande joie, de ne pas l'aimer.

— C'est bon, murmura-t-elle, vaincue, je garde le collier. Merci infiniment. Vous êtes si seul que je...

— C'est bien cela. Vous avez pitié de moi. Mais cela ne fait rien, ajouta-t-il, avec un étrange sourire. Accepteriez-vous de dîner avec moi et de m'accompagner au cinéma, après quoi je ne vous importunerai plus?

— D'accord, répondit-elle, tout en s'interrogeant sur le sens de ces paroles.

Todd ne pourrait guère lui en vouloir, se dit-elle tout en se dirigeant vers la salle de spectacle. N'était-il pas sorti avec sa comptable?

Après le film — qu'elle n'avait guère suivi — Léonard la raccompagna jusqu'en bas de chez elle. Toute l'humilité et la tristesse du jeune homme s'étaient évanouies. Sa voix était même empreinte d'arrogance. Se pourrait-il qu'il nourrisse certains espoirs à son sujet? se demanda-t-elle, inquiète.

De retour dans sa chambre, elle s'assit un long moment devant la coiffeuse, retournant le collier entre ses mains. C'était une suite de petits losanges qu'elle égrena attentivement entre ses doigts : chacun d'eux était ciselé différemment, symbolisant des divinités mythologiques. Jamais elle n'avait possédé un aussi beau bijou et elle regretta qu'il fût associé au personnage de Léonard. Elle le porterait le lendemain pour lui faire plaisir et après...

Après, elle ne savait pas au juste ce que deviendrait sa vie. Ses pensées retournèrent à Todd. Pourquoi ne lui avait-il pas laissé ses coordonnées chez Sander? Elle aurait dû demander le numéro de téléphone à Henri Seager. Quand reverrait-elle son fiancé?

Pressée d'être le lendemain, elle se glissa dans son lit, comme pour accélérer le retour de Todd par le sommeil. Serait-elle un jour sa femme? Elle s'endormit profondément sans avoir pu trouver une réponse à cette question.

Le lendemain midi, Alicia décida de suivre les conseils d'Henri Seager. Evitant Léonard de justesse, elle acheta des sandwiches, puis se dirigea vers les jardins longeant les quais : ce serait une façon d'échapper à son collègue, au monde de l'entreprise mais surtout au vide que créait en elle l'absence de Todd.

Confortablement installée au soleil, elle commença à manger, s'interrompant pour jeter de petits morceaux aux moineaux sautillant à ses pieds. En riant, elle s'indigna des gros pigeons qui volaient tout le pain au passage et s'appliqua à viser les moineaux les moins téméraires. Mais bien vite, elle retourna à ses préoccupations : que pouvait donc faire Todd à cet instant précis? Il lui sembla qu'un océan les séparait.

— Est-ce que cela vous dérangerait si je me joignais à vous, Miss Granger?

Henri Seager était debout devant elle. Sans attendre sa réponse, il prit place à ses côtés, sans cesser de lui sourire. A sa grande surprise, Alicia se sentit réconfortée par sa présence. Elle connaissait toute l'estime qu'il lui portait, et se demanda si elle ne pourrait pas saisir l'occasion pour lui confier ses soucis.

— Vos propos ne sont pas tombés dans l'oreille d'un sourd, remarqua-t-elle en riant. Je crois qu'en venant manger ici, je goûte un peu de votre sagesse ! Quel lieu idéal pour retrouver la paix...

Il la regarda, les yeux rieurs, puis s'adossa paresseusement au dossier du banc chauffé par le soleil de midi.

— Todd vous manque-t-il ? fit-il sans détours.
— Oui, répondit-elle simplement, prise au dépourvu par sa question.
— C'est tout naturel.

Sans ajouter d'autres commentaires, il se mit à manger. Ils restèrent un moment silencieux. Les sacs en papier de leur repas bruissaient sous une brise légère et, des marronniers avoisinants, leur parvint toute une gamme de chants d'oiseaux. Son compagnon rompit le silence le premier.

— En revanche, votre visage soucieux me paraît moins naturel, pas plus d'ailleurs que votre besoin de retrouver la paix. Une jeune fiancée devrait être au septième ciel !

Guidée par son intuition, Alicia comprit qu'elle pouvait parler à cet homme, le considérer comme un ami. Elle allait se confier, quand une réflexion l'arrêta net dans son élan.

— Vous avez là un bien joli collier, Miss Granger.

Sa remarque contenait une question muette. Affolée, Alicia se demanda ce qu'elle pourrait bien lui répondre. Sans se l'expliquer, elle ne voulait pas parler de Léonard. Peut-être craignait-elle que M. Seager en déduise une liaison entre eux ? Elle n'avait pourtant rien à se reprocher.

Son hésitation ne put échapper à la perspicacité de son interlocuteur. Il se pencha sur son collier, le regard admiratif.

— Quelle merveilleuse ciselure ! Sans doute est-ce un bijou de famille ?

Il attendait sûrement qu'elle lui donne des explications. Peut-être voulait-il la mettre à l'épreuve ? L'idée de lui mentir lui était insupportable ; pourtant, elle s'y sentit acculée.

— Oui, oui... il appartient à ma mère. Comme elle est partie en voyage, je le lui ai emprunté. Je...

— N'est-il pas un peu risqué de porter un tel joyau pour aller travailler ?

Bien sûr, il avait raison. Comment lui expliquer qu'elle l'avait mis chez « Alexander et Cie » ce matin-là pour la première et la dernière fois, voulant seulement ne pas blesser Léonard ?

— Je... je le trouve si beau que je n'ai pas pu résister à la tentation.

Il hocha la tête et parut se désintéresser du sujet. Brossant les miettes tombées sur sa veste, il contempla les oiseaux qui piaillaient autour d'eux. Alicia sourit avec lui à ce spectacle, mais ses pensées restaient ailleurs.

Il lui sembla que ce collier la poursuivait, et la hanterait encore longtemps, comme un mauvais sort.

— Avez-vous terminé les rapports ? demanda-t-il soudainement.

— Il ne me reste que quelques pages à taper.

— Où avez-vous mis celles qui le sont déjà ?

— Dans le tiroir de ma table. Il est fermé à clef. Pourquoi ? questionna-t-elle en fronçant les sourcils.

La mine préoccupée, il demeura silencieux, semant l'inquiétude dans l'esprit d'Alicia.

— Vous... vous me faites penser à Todd. Ces silences lui ressemblent !

Il eut un pâle sourire.

— Monsieur Seager, Todd se méfie de moi. Il m'a demandé de l'épouser mais je n'arrive pas à y croire. Il a si souvent répété qu'il ne pouvait faire confiance aux femmes, qu'il ne se marierait jamais... Il a dit qu'il ne voulait d'une femme qu'à condition de ne pas s'engager avec elle. Alors pourquoi veut-il m'épouser ? Pourquoi ? répéta-t-elle, désemparée.

— Parce qu'il vous aime !

— Ce n'est pas vrai, monsieur ! Si seulement vous pouviez avoir raison... Mais il y a toutes ces allusions à d'éventuelles trahisons de ma part.

— Vous n'êtes donc pas au courant ? fit-il doucement.

— Au courant de quoi ?

— L'information contenue dans chacun des rapports que vous nous avez remis a filtré.

— Non ! cria-t-elle en s'essuyant le front. Vous voulez dire que certains renseignements sont tombés entre les mains d'un concurrent ?

— Non, tous, sans exception.

— Et Todd pense que je...

Elle ne put achever sa phrase tant la révélation de M. Seager la bouleversait. Hébétée, elle regarda les gravillons de l'allée danser à travers ses larmes. De façon éloquente, le silence de son interlocuteur confirmait ses pires appréhensions : Todd, Todd à qui elle voulait tant prouver son intégrité, n'avait cessé de douter d'elle.

— Mais alors, qui est en possession de l'information ?

— Mon ami ne vous a rien dit ? s'étonna-t-il.

Elle secoua lentement la tête en signe de négation. Se pouvait-il que M. Seager mette aussi sa parole en doute ? Si seulement elle ne lui avait pas menti au sujet du collier ! S'il venait à apprendre la vérité, il ne lui accorderait plus jamais aucun crédit, et quant à Todd...

— Une entreprise concurrente s'est octroyé le projet.

— Alors, ils vont nous enlever le marché ? chuchota-t-elle, horrifiée.

— C'est une éventualité.

Alicia se leva. Saisissant ses affaires, elle se pencha vers Henri Seager.

— Pourquoi, s'il me suspecte, Todd m'a-t-il demandée en mariage ?

— C'est à lui qu'il faut poser la question.

Elle plongea son regard dans le sien ; une question lui brûlait les lèvres mais pourtant, elle hésitait à la poser, tant elle redoutait la réponse. Elle se décida enfin.

— Monsieur... est-ce que *vous* me faites confiance ?

Elle crut un instant voir ses yeux se poser sur son collier. Il soupira.

— Tout au fond de moi, je crois que vous êtes sincère et honnête.

— Vous croyez... seulement.

Il haussa les épaules, comme pour les débarrasser d'un lourd fardeau.

— Lorsque je vous ai confié ce travail, Todd m'a prévenu que je devais rester sur mes gardes. Il m'a assuré que vous étiez une actrice remarquable.

— Une actrice remarquable ?

Bien sûr, se rappela Alicia, la mort dans l'âme. Le soir où il l'avait emmenée dîner, elle avait voulu lui jouer la comédie, être une Alicia différente de l'habitude. Il l'avait percée à jour. Si seulement elle avait pu deviner les conséquences de son comportement ! A présent, il lui fallait admettre la plus cruelle des évidences : Todd doutait d'elle.

Rompre leurs fiançailles était la seule issue qu'elle pouvait envisager.

Comme un automate, elle regagna « Alexander et Cie ». L'exclamation de Todd, lorsqu'il l'avait surprise chez lui, bourdonnait à ses oreilles : « Alors, on fait de l'espionnage, Miss Granger ? » Elle eut l'impression de l'avoir entendue des centaines de fois...

113

8

Au petit matin, la sonnerie du téléphone tira Alicia du sommeil profond où elle avait fini par glisser, après une nuit agitée. Un appel aussi matinal? Il ne pouvait venir que de Todd, se dit-elle, posant sa main tremblante sur le combiné. Aurait-elle le courage de lui annoncer leur rupture? Ne rien dire, lui parut tout aussi insupportable.

Allait-il lui apprendre que le traître avait été découvert? Elle serait alors lavée de tout soupçon. Les révélations de M. Seager n'avaient en rien entamé ses sentiments : elle brûlait d'entendre Todd, de lui parler. La sonnerie du téléphone harcelait la jeune fille. N'y tenant plus, elle décrocha.

— Alicia?

— C'est moi-même. Todd. Vous allez bien? demanda-t-elle sans parvenir à maîtriser l'émotion dans sa voix.

— Aussi bien que possible. Je vous appelle pour vous dire de ne pas vous rendre au bureau ce matin. Vous allez prendre le train pour Hetford. Je vous attendrai à la gare pour vous emmener ensuite au laboratoire de recherche.

Elle eut juste le temps de répondre : déjà il avait raccroché.

Interloquée, elle demeura un long moment immobile, cherchant à mettre de l'ordre dans ses idées. Pourquoi se proposait-il de lui montrer le laboratoire alors qu'il la considérait comme le maillon d'une chaîne d'espionnage industriel ?

Une chose était sûre : ce n'était pas son fiancé qui lui avait parlé, mais « M. Alexander ». Il n'y avait eu aucune trace de chaleur dans le timbre de sa voix, et ses paroles avaient été un ordre, non une invitation.

La journée promettant d'être chaude et ensoleillée, elle choisit dans son armoire une jolie jupe plissée aux imprimés pastel, assortie d'un corsage de soie. Puis elle enfila un cardigan de mohair gris-bleu pour se protéger des fraîches matinées de printemps.

Alicia se hâta vers la gare, où elle eut juste le temps de prendre son billet et de sauter dans le train.

Plongée dans ses soucis, elle regarda distraitement défiler la campagne verdoyante. Quand elle vit se détacher en grosses lettres « Hetford », elle n'aurait su dire depuis combien de temps durait le voyage.

Sur le quai, il n'y avait qu'une poignée de voyageurs. Déçue, elle constata que Todd ne l'attendait pas. Un jeune homme roux à l'allure malingre s'approcha d'elle, hésitant.

— Miss Granger, d' « Alexander et Cie » ? Sam Bridgewater, de chez « Sander », fit-il répondant au sourire de la jeune fille. Todd m'a envoyé à votre rencontre... il vous envoie aussi ses excuses !

Alicia murmura qu'elle comprenait bien, rougissant de ce mensonge. Elle lui sourit à nouveau pour mieux masquer sa déception, s'efforçant de rappeler son cœur à la raison. Après tout, elle n'avait qu'à tenir le rôle d'une secrétaire se rendant sur son lieu de travail.

La voiture quitta rapidement les faubourgs et la zone industrielle pour s'engager dans la campagne. La route serpentait entre des arbres soigneusement taillés, se refermant comme une voûte au-dessus d'eux. Une multitude de coucous et d'anémones des bois tapissaient les fossés, égayant les talus fraîchement tondus. Au hasard des tournants, se dressaient des maisonnettes blanches au toit de chaume, une rangée de verdure courant à leur faîte.

Alicia échangea avec son conducteur quelques généralités sur les problèmes économiques et l'avenir du secteur automobile.

Son guide tourna brusquement à droite, empruntant une large allée de gravier. Ils passèrent un portail de bois verni pour déboucher devant une longue bâtisse basse crépie de blanc. Un vieux toit de tuiles vernissées s'incurvait par endroits, rompant agréablement la symétrie d'une rangée de hautes fenêtres. Bon nombre de leurs petits carreaux de verre soufflé attestait l'époque reculée de la construction. Le jeune homme avait dû surprendre son regard admiratif, car il s'empressa de lui fournir quelques explications.

— Nous avons réuni deux anciennes habitations en une seule, tout en préservant le cachet de leur siècle. En revanche, l'intérieur est du plus pur style contemporain. Les cloisons ont été abattues pour y créer les vastes salles dont nous avions besoin pour la recherche.

Aussi ne fut-elle pas étonnée quand elle franchit le seuil de la maison : tout y était moderne, clair et spacieux. Voilà donc le lieu secret de la « recherche bien-aimée » de Todd, se dit-elle avec une petite pointe de jalousie.

Alicia l'aperçut alors, à l'autre bout de la pièce, tourné vers elle. Malgré un sourire de bienvenue, il ne vint pas à sa rencontre. C'était donc bien cela : elle était la secrétaire et rien de plus.

Il l'interpella d'un ton tranquille.

— Miss Granger, approchez donc, ma chérie.

La stupéfaction se peignit sur tous les visages ; elle

regarda Todd, bouche bée. Avait-il seulement réalisé ce qu'il venait de dire ? La lueur de dérision dans ses yeux suggérait qu'il était parfaitement lucide.

— Il vaut mieux obéir quand le maître parle ! plaisanta l'un des jeunes hommes, mettant fin au petit silence gêné qui avait suivi la réflexion de Todd.

Contournant les tables et les chaises, Alicia s'avança, mal à l'aise, consciente d'être le point de mire de tous les regards. Il saisit impatiemment sa main, l'attirant à ses côtés. Toute sa physionomie exprimait la joie du fiancé comblé à ceci près, songea-t-elle, dépitée, qu'ils n'étaient pas « officiellement » liés. Apparemment, personne n'avait été mis au courant de leur relation, sinon pourquoi auraient-ils tous l'air si surpris ? Autrement dit, chacun devait la considérer comme la « petite amie » de Todd ; probablement la dernière en date de ses nombreuses conquêtes. Etait-il en train de se venger de sa prétendue trahison ? Elle leva vers lui des yeux agrandis par la colère, son visage rebelle défiant le sien.

Sa réaction ne se fit pas attendre : rejetant la tête en arrière, il éclata de rire puis déposa un bref baiser sur ses lèvres.

— A quand la publication des bans ? demanda Sam Bridgewater avec un large sourire.

— Vous connaissez mon opinion sur le mariage, répondit calmement Todd.

— Et comment donc ! s'écria quelqu'un. Prenez garde, Miss Granger ! Notre « Don Juan » ne croit guère aux liens indissolubles.

La gorge serrée, l'estomac noué, elle eut un sourire pincé.

— A quoi bon se marier ? railla Todd. De nos jours, les femmes, sans aucun engagement de notre part, sont disposées à...

Il s'interrompit pour rattraper la main d'Alicia,

qu'elle venait de retirer vivement, ulcérée par son attitude.

— Ne partez pas, mon amour. J'ai du travail pour vous. Mais d'abord, je vais vous faire faire le tour du laboratoire.

— C'est un grand honneur qu'il vous fait là, Miss Granger, remarqua un barbu, arborant sur sa chemise une large inscription : « Tony ». Dans ce bâtiment, tout est ultra-secret, totalement confidentiel...

— Totalement incompréhensible pour qui n'est pas un ingénieur averti, ajouta Sam, espiègle.

Alicia se mit à rire, gagnée par l'atmosphère détendue qui régnait dans le laboratoire. Ces jeunes chercheurs à l'esprit vif et ouvert lui plaisaient, bien que sa préférence aille, sans l'ombre d'une hésitation, à leur directeur !

Le bras glissé autour de sa taille, Todd la guidait à travers les salles de recherche. Un grand nombre de planches à dessin délimitait des allées encombrées de hauts tabourets et de corbeilles à papier débordantes de blocs griffonnés, de plans sur calque. Tout indiquait une intense activité, jusqu'aux rebords de fenêtres, jonchés de canettes de bière vides côtoyant des revues techniques abondamment annotées.

— Qu'est-ce que c'est ? demanda Alicia désignant du doigt un long panneau blanc et brillant.

— Nous pouvons y inscrire les formules chimiques avec des feutres spéciaux, au fur et à mesure qu'elles nous viennent à l'esprit. L'un d'entre nous émet une hypothèse, un autre va la développer et pour finir un trouble-fête viendra la falsifier ! Alors on efface tout et on recommence.

Tout en parlant, il lui fit une petite démonstration, alignant les signes à une vitesse prodigieuse.

La prenant par l'épaule, il la conduisit dans une pièce laquée de blanc. Les plans de travail, entièrement carrelés, étaient surmontés de curieux édifices : un enchevêtrement de bouteilles, de ballons et d'éprouvettes composait une étonnante symphonie de couleurs.

— Quelle mystérieuse alchimie ! s'exclama Alicia, riant de bon cœur de son ignorance.

— Je peux éblouir davantage encore votre esprit néophite. Venez par ici, Miss Granger.

Sur un petit écran noir, se détachait une ligne blanche en pointillé, qui décrivait une courbe dont le tracé variait sans cesse.

— C'est une expérience en continu. Nous pouvons prendre les mesures du phénomène, effectuer les vérifications de nos travaux, vingt-quatre heures sur vingt-quatre.

— L'appareil ne s'éteint donc jamais ?

— Non... comme ma flamme pour vous, murmura-t-il au creux de l'oreille d'Alicia.

— Eh bien, Todd ! lança Tony depuis l'autre bout de la pièce, vous pourriez attendre d'être seuls pour échanger vos mots tendres !

Tous se mirent à rire, Todd le premier. Alicia le découvrait enfin sous un jour nouveau : il n'était plus le directeur autoritaire et distant d'« Alexander et Cie », mais un jeune chercheur passionné parmi les autres.

Manifestement, il avait envers ses collègues une confiance sans réserve, ce qui n'était pas le cas pour elle, songea-t-elle le cœur serré.

— Venez dans mon bureau, ordonna-t-il en poussant une lourde porte de chêne sculptée. Ce travail dont je vous ai parlé est extrêmement urgent.

Quand ils entrèrent, des exclamations fusèrent dans leur dos.

— Attention, Todd, vous êtes là pour le travail, pas pour le plaisir !

— Méfiez-vous, Miss Granger : il est rapide comme l'éclair.

Todd sourit, bon enfant, et la porte se referma sur eux. Il tourna aussitôt vers Alicia un visage de marbre. Son bras retomba, abandonnant sa taille. Immédiatement sur la défensive, elle lui jeta un regard accusateur.

— Pourquoi ne leur avez-vous pas dit que nous étions fiancés? Vous m'avez traitée comme votre... maîtresse. Je n'ai pas l'intention d'avoir avec vous une liaison clandestine.

— Peut-être suis-je un partisan du secret, contrairement à certaines personnes que je connais, railla-t-il.

Le sens de cette remarque n'échappa pas à Alicia, mais elle n'eut pas le cœur à la relever, ne parvenant à se résigner à aborder la question de leur rupture.

Fuyant une éventuelle discussion, elle se tourna vers la pièce, l'inspectant attentivement. D'imposantes poutres cirées faisaient paraître le plafond plus bas qu'il ne l'était. Une gigantesque cheminée en pierre aux angles polis par le temps, était garnie de bûches; elle donnait à la pièce une allure d'habitation confortable. Une lumière bariolée pénétrait par une petite fenêtre d'angle, composée de losanges multicolores. Si ce n'avait été la machine à écrire et le téléphone, Alicia se serait crue transportée dans un autre siècle.

Elle attendit patiemment les instructions de Todd.

— Donnez-moi votre sac!

— Pourquoi donc? murmura-t-elle sans comprendre.

— Le travail que vous allez effectuer est trop important pour que je prenne des risques : le secret doit rester absolu.

— C'est bien cela, vous ne me faites plus confiance.

— En effet.

— Voilà pourquoi vous ne m'avez pas acheté de bague de fiançailles!

— Je n'ai pas eu le temps, répondit-il brièvement, comme s'il s'agissait là d'un acte quotidien sans importance.

Alicia eut, à ce moment, la certitude qu'elle ne l'épouserait jamais. La proposition de Todd n'avait été qu'une sinistre plaisanterie. Muette de chagrin, elle laissa Todd lui prendre son sac des mains. Il en vida le contenu sur le bureau pour l'inspecter minutieusement. Elle eut le sentiment que c'étaient tous ses espoirs, toute sa vie qui se déversait ainsi sur la table, mis en pièces par le regard cruel de cet homme intransigeant.

Il ouvrit son bâton de rouge à lèvres, le retournant dans tous les sens.

— Qu'allez-vous imaginer là? souffla-t-elle.

— Qui sait, de nos jours il y a des appareils d'écoute de tout gabarit.

— Des appareils d'écoute? Todd, je ne pourrais pas vous trahir : je vous aime! Comment pourrais-je mentir à l'homme que j'aime?

— Ces paroles gratuites ne m'affectent pas. D'ailleurs, je les ai déjà entendues.

Sans plus de ménagement, il lui jeta son sac; elle dut replacer un à un ses effets éparpillés.

Les doigts tapotant nerveusement sur le bord du bureau, il attendit qu'elle eût fini.

— A votre tour maintenant, fit-il.

La jeune fille s'immobilisa. Des sueurs froides lui coulèrent le long du dos... et ses mains devinrent moites.

— Je me déshabille? balbutia-t-elle, sans pouvoir articuler un mot de plus.

— Exactement, je dois vous fouiller.

— Todd, vous m'aviez dit cela une fois, mais vous ne parliez pas sérieusement.

— Aujourd'hui, je ne plaisante plus. Si le secret de ce prototype est éventé, nous perdrons tout : les capitaux que nous y avons investis, l'appui de plusieurs banques, et bien entendu nous perdrons tout espoir d'améliorer notre position sur le marché automobile. Ce serait la ruine, non seulement de mon travail, mais de celui de toute l'équipe. Je dois être extrêmement prudent, peut-être plus que je ne le voudrais.

Faisait-il allusion à toutes les informations qu'elle était censée avoir déjà passées ? Il fut à nouveau emporté par une vague de colère.

— Vous rendez-vous compte des conséquences ; même au niveau du pays ? Cette nouvelle automobile permettrait d'accroître nos exportations... Vous croyiez que j'allais succomber à votre beauté ? Mais non, ma belle, je ne suis pas dupe de votre charme. Je ne vais pas soustraire votre joli corps à cette petite humiliation : ce n'est que bien peu de chose en comparaison des dégâts que vous nous causez. Dépêchez-vous d'entrer dans ce débarras ; ôtez-moi ce chandail et tout autre vêtement que vous portez sur vous.

Il lui indiqua l'endroit du doigt. Elle s'aperçut, effrayée, que la main de Todd tremblait sous l'effet de la colère. Ses lèvres pâles et contractées avaient une expression si impitoyable qu'elle recula pas à pas jusqu'au large placard sans oser lui tourner le dos. Elle ouvrit la porte et entra. Mais Todd lui inspirait une telle frayeur qu'elle resta paralysée, malgré son intention de lui obéir.

— Si vous ne vous dépêchez pas, je vais vous arracher vos vêtements. Après tout, ajouta-t-il, sardonique, c'est mon droit de futur mari.

« Futur mari » ? Elle le fixa, hébétée. Non, tout ceci ne pouvait être qu'un cauchemar. D'un moment à l'autre, elle allait se réveiller, tendrement enlacée dans les bras de Todd. N'était-il pas absurde qu'il la fouillât, alors qu'il ne l'avait jamais fait auparavant?

— Todd? Vous m'avez déjà confié des rapports secrets sans prendre autant de précautions, s'aventura-t-elle, sentant renaître son courage.

Mais il resta implacable : son expression se crispa jusqu'à déformer son beau visage régulier. Alicia comprit qu'il lui fallait obéir sans plus attendre.

Elle ôta d'abord son lainage et le lui tendit sans mot dire. Il le retourna dans tous les sens puis le jeta au sol.

— Maintenant, votre ensemble, fit-il sans la quitter des yeux.

Elle se sentait incapable de lutter, ni même de raisonner. Elle dut concentrer toute son énergie pour accomplir des gestes aussi banals que défaire un bouton ou descendre une fermeture-éclair.

Prenant son corsage et sa jupe, il les secoua puis fit glisser ses doigts le long de la couture. Les vêtements tombèrent à leur tour sans bruit sur le sol.

— Donnez-moi votre soutien-gorge, demanda-t-il d'une voix blanche.

Ces paroles sortirent brutalement Alicia de l'état de stupeur dans lequel elle était plongée.

— Jamais! C'est du viol, cria-t-elle, révoltée, repliant ses bras autour d'elle.

— N'avez-vous pas violé le travail d'autrui? Plus vous vous défendez et plus vous faites durer ces minutes pénibles. Je vous demande de...

— Vous me demandez? Vous appelez vos ordres une demande? Je n'ai pas l'habitude de me plier aux volontés d'un individu de votre espèce.

— En vous obstinant, vous ne faites qu'accroître mes soupçons.

Elle savait qu'il était sincère mais l'humiliation était si terrible qu'elle ne put s'avouer vaincue.

— Je... je suis une citoyenne comme une autre. Si

vous me prenez pour une espionne, appelez donc la police.

— Cela suffit, trancha-t-il, votre naïveté est intolérable. N'avez-vous pas songé un seul instant que ce scandale ne manquerait pas d'attirer l'attention sur notre recherche?

Lui agrippant les poignets, il la secoua nerveusement, une lueur de désarroi dans ses yeux sombres. A bout de nerfs, elle se jeta dans ses bras en sanglotant.

Il glissa les doigts dans ses cheveux et la tint serrée contre lui, pressant la joue mouillée de larmes contre la sienne. Il l'embrassa avec une violence désespérée, brutalisant ses lèvres, le menton frottant la peau tendre du cou de la jeune femme.

Todd lui faisait-il enfin confiance? Elle lui rendit chacun de ses baisers comme pour effacer le drame qui s'était noué entre eux.

Soudain, il la repoussa aux épaules. Baissant les yeux, elle le vit retourner son soutien-gorge entre ses doigts cherchant l'appareil qui la condamnerait. Tous les espoirs d'Alicia s'effondrèrent comme un château de cartes.

— Vous n'êtes qu'un misérable, haleta-t-elle, et moi qui croyais que vous m'embrassiez parce que vous m'aimiez. J'aurais dû m'en douter : votre mépris des femmes n'a pas de limite!

Todd repoussa nerveusement une mèche de cheveux collée à son front.

— Quel terrible ascendant vous avez sur moi, murmura-t-il, le visage défait.

Mais il se ressaisit presque aussitôt et poursuivit son investigation.

— Peut-être voudriez-vous voir mes cheveux, mes chaussures? railla Alicia.

— J'y venais, justement. Donnez-les-moi, intima-t-il.

Il vérifia les semelles, frappa les talons l'un contre l'autre et lui rendit ses chaussures.

En les reprenant, Alicia surprit le regard admiratif de Todd posé sur elle. Leurs yeux se croisèrent.

Un lourd silence tomba sur eux, chargé de l'intensité de leur désir. D'une main hésitante, il caressa ses épaules nues, réveillant en elle les plus troublantes pulsions.

Au prix d'un immense effort, elle ne fit aucun geste pour l'encourager. Pourtant elle sentit ses yeux la trahir.

Rentrant la tête dans les épaules, Todd scruta ses prunelles; son visage se referma une fois de plus.

— Bien, puisque je n'ai rien trouvé sur vous, nous allons pouvoir nous mettre au travail. Rhabillez-vous, à moins que vous ne vouliez de l'aide... Ce n'est pas dans mes habitudes mais je peux faire une exception pour vous, ajouta-t-il d'un ton mordant.

— Jamais, jamais je n'ai été autant humiliée de toute ma vie! Considérez nos fiançailles comme rompues. Je n'ai du reste jamais pris votre proposition au sérieux. Vous ne savez que faire mal, l'invectiva-t-elle, des sanglots dans la voix.

— J'étais sincère. Je veux faire de vous ma femme... vous m'entendez, Alicia?

— Non, je suis devenue sourde. D'ailleurs, je ne resterai pas ici une minute de plus!

Elle se baissa, ramassa son sac et tourna les talons. Mais Todd la rattrapa, l'obligeant à faire volte-face.

— Vous ne partirez pas. Il y a du travail et vous fouiller était une nécessité. Vous étiez un risque pour nous, ma chérie. Je n'avais pas le choix.

— Cessez de m'amadouer avec vos mots doux! Ils me dégoûtent. Je ne comprends d'ailleurs toujours rien à cette histoire d'espionnage. Pourquoi me suspectez-vous? Cela ne rime à rien. M. Seager m'a fait part de vos appréhensions. Toute cette histoire n'a ni queue ni tête. Que se passe-t-il, Todd ?

A bout de souffle, elle s'arrêta et attendit sa réponse.

— Voilà la machine à écrire : c'est un vieux modèle mais il marche. Je vais vous dicter, d'accord ?

Elle se laissa choir sur la chaise et regarda ses mains, comme si elles lui étaient étrangères. Machinalement, elle cadra une feuille de papier et posa ses doigts engourdis sur les touches.

Tout le temps que dura ce travail, il se montra distant, censurant la moindre familiarité qui aurait pu naître entre eux.

— Je vais vous ramener à la gare, dit-il simplement quand le dossier fut dactylographié.

— Vous ne venez pas ?

— Non, j'ai réservé à l'hôtel le plus proche pour deux ou trois nuits.

Sur le quai, il la quitta sans lui témoigner la moindre marque de tendresse.

Alicia regarda la voiture disparaître au coin de la rue, emportant ses derniers espoirs.

Il n'avait pas le désir de la voir, ni même celui de s'expliquer avec elle. Elle aurait tant voulu lui parler à cœur ouvert, mais il s'était muré dans un silence que rien ne semblait pouvoir briser. Il n'avait pas eu le temps de lui acheter une bague. Il chérissait avant tout sa liberté ; celle qu'il choisissait de garder ces jours-ci, alors que l'orage grondait entre eux menaçant le fragile équilibre de leur entente.

Et quand bien même voudrait-il l'épouser, que lui apporterait-il ? Jamais, elle n'aurait en retour tout l'amour qu'elle éprouvait pour lui...

9

Le vendredi après-midi était enfin arrivé : les derniers jours avaient défilé au rythme interminable d'un compte-gouttes.

Pour échapper à la solitude, Alicia avait pris ses repas de midi avec Léonard. Son collègue s'était étonné de ce qu'elle ne portât plus le collier. Elle avait essayé de se justifier en prétextant le caractère trop luxueux du bijou pour un usage quotidien. Mais Léonard n'avait rien voulu entendre la mettant dans un profond embarras.

Elle venait à peine de regagner son appartement lorsqu'elle entendit des pneus crisser sur le gravier de l'allée du parking. Tendant l'oreille, elle perçut des bruits de pas, puis le claquement sourd de la porte d'entrée.

Todd? se demanda-t-elle, le cœur battant. Elle se précipita sur le palier, le visage radieux. Il était en bas de l'escalier, la tête levée vers elle.

Brusquement, elle fut saisie de panique au souvenir de l'atmosphère sinistre de leur dernière rencontre. N'avait-elle pas rompu leurs fiançailles? Tel un enfant pris en faute, elle tourna les talons et s'enfuit précipitamment dans son appartement. Mais avant qu'elle n'ait pu refermer la porte, Todd avait coincé son pied contre le battant. Manquant de la renverser, il donna un coup d'épaule et entra. Les bras croisés, il s'adossa au mur.

— Alors, je ne suis pas le bienvenu? Ce sourire rayonnant était donc destiné à un autre?

— Non, c'est faux! Je savais que c'était vous, mais je n'ai pas oublié cette horrible journée au laboratoire. L'humiliation...

Il éclata de rire comme s'il ne s'était agi que d'une vaste plaisanterie. Mais, avisant ses yeux bleus étincelants de colère, il reprit son sérieux. Il ôta sa veste aussi lentement que dans une séquence de film au ralenti.

— Voulez-vous que je vous rende la pareille? demanda-t-il en dénouant paresseusement sa cravate.

Le silence atterré d'Alicia ne parut pas le troubler outre mesure. Il lui lança un clin d'œil diabolique.

— Dois-je réparer mes torts en me déshabillant aussi, mademoiselle? insista-t-il en achevant de déboutonner sa chemise.

— Non! hurla-t-elle.

Se jetant sur lui, elle remit fébrilement en place les boutons. Quand elle eut fini, il entreprit tranquillment de les défaire.

— Vous avez pourtant l'autorisation de me fouiller, fit-il, tout en prenant les mains d'Alicia.

Il les fit glisser sous sa chemise, l'obligeant de sa poigne ferme à lui caresser la peau.

Pendant l'absence de Todd, elle n'avait cessé de désirer partager avec lui ces instants d'intimité. Aussi, lorsque de ses doigts il lui effleura les épaules, écartant doucement le tissu de sa robe, elle ne put se résigner à lui cacher son plaisir. D'une légère pression du menton, il repoussa en arrière le visage de la jeune fille, cherchant ses lèvres.

Comment aurait-elle pu lui dissimuler le feu de ses joues ou les frissons de son dos? En l'espace de quelques minutes, cet homme avait balayé une semaine de réflexions, de résolutions et même jusqu'au souvenir de l'humiliation.

Quand ils se regardèrent, elle vit une joie intense briller dans ses yeux sombres; ses lèvres pleines et sensuelles lui souriaient sans réserve.

Depuis le soir où il l'avait froidement quittée sur le quai de la gare, son comportement avait changé du tout au tout. N'aurait-elle jamais le droit de connaître la raison de ces brusques changements d'attitude? Elle se sentit blessée d'être ainsi ballottée au gré de ses humeurs.

— Peut-être est-ce *moi* qui suis à présent pardonnée? Seriez-vous par hasard arrivé à la conclusion que je suis innocente?

Se baissant, il ramassa sa cravate pour la renouer rapidement.

— Je suis venu vous prévenir que ce soir j'organise une petite réception pour fêter mon emménagement, fit-il, ignorant sa question.

— Il me semblait que c'était chose faite. Vous ne vous souvenez pas? Vous... et moi, comme unique invitée.

— C'était une sorte de répétition générale. Cette fois, c'est la « première ». Quelques amis...

— Alors, si je comprends bien, vous avez besoin d'une hôtesse?

Le visage de Todd se rembrunit.

— Je vous invite parce que vous allez être ma femme!

— Je vous ai dit que je ne voulais pas vous épouser. Nos fiançailles sont rompues!

Une vague de colère et d'amertume la poussait à tenir des propos mordants, contraires à ce qu'elle souhaitait réellement en son for intérieur.

— Comment pouvez-vous vous marier alors que vous n'avez aucune confiance dans les femmes; seriez-vous amoureux d'une « espionne », qui a trahi votre

Un secret nous sépare.   5.

propre entreprise ? Ne saviez-vous pas que j'ai déjà communiqué tous les renseignements recueillis dans votre laboratoire ?

— Petite folle ! J'ai la preuve que vous ne l'avez pas fait !

— Alors, il vous aura fallu des preuves ? J'ai eu droit à un certificat de bonne conduite et maintenant vous allez m'épouser ? Eh bien, non ! Je ne viens pas à votre réception mondaine. Vous n'avez qu'à appeler à la rescousse votre belle comptable. Elle sera sûrement plus à la hauteur que moi. Et au moins, vous lui faites confiance à *elle !*

Les larmes aux yeux, elle s'enfuit dans la cuisine. Deux mains se posèrent sur ses épaules.

— J'ai confiance en vous, Alicia, mon stupide amour !

Elle hésita un instant mais sa rancœur l'emporta.

— Vous mentez ! M. Seager m'a prévenue, s'écria-t-elle en fuyant ses lèvres, il m'a...

Elle s'interrompit : Todd avait claqué la porte de la cuisine et sortait de chez elle.

Assise en tailleur sur le divan, une tablette de chocolat dans une main, un jus de fruit dans l'autre, Alicia regardait une pièce de théâtre à la télévision. Elle avait dû augmenter le son pour étouffer les rires et les exclamations montant de l'appartement de Todd : la « petite réception » battait son plein. Rageusement, elle avait troqué ses vêtements pour son plus vieux jean et un pull noir, usé jusqu'à la corde.

On sonna à la porte. Elle hésita à répondre, craignant d'affronter Todd. Elle se sentait un peu coupable de son éclat de colère et redoutait maintenant la sienne. Elle se rappela soudain que Léonard avait téléphoné pour l'avertir qu'il passerait « peut-être » la voir au cours de la soirée. Ne voulant lui faire faux bond, elle se leva à contrecœur pour aller ouvrir.

Todd se glissa à l'intérieur, aussi vif qu'une anguille.

— J'ai l'habitude de recevoir mes amis dans une tenue un peu plus brillante, grommela-t-il, la toisant avec mépris des pieds à la tête.

— Je me contenterai de briller par mon absence, rétorqua-t-elle.

Il la tira par le bras jusque dans la chambre, où il ouvrit la penderie.

— Dépêchez-vous de choisir un vêtement plus correct.

— Non, répondit-elle en fermant les yeux.

Les doigts de Todd se resserrèrent, ses ongles s'enfoncèrent douloureusement dans la peau d'Alicia. Les larmes jaillirent sous ses paupières closes mais elle s'obstina.

De sa main libre, il fit glisser les vêtements le long de la tringle. Son choix s'arrêta sur une robe longue de soie sauvage, couleur pervenche. A la naissance des bretelles, deux motifs finement brodés égayaient l'ensemble.

— Mais, c'est trop élégant : c'est une tenue pour les très grandes occasions, s'écria-t-elle.

— Ce soir est une « très grande occasion ».

— Je ne la mettrai pas. Je...

— Vous ferez ce que je vous dirai.

— Je n'irai pas à votre réception, reprit-elle, le visage buté.

Il attrapa les bords de son pull et le fit passer vivement par-dessus sa tête. Lorsqu'Alicia s'était changée quelques heures plus tôt, elle n'avait pas cru bon remettre son soutien-gorge; aussi se retrouvat-elle devant lui, les seins nus.

— C'est bon... vous avez gagné, balbutia-t-elle, rouge de confusion, je vais m'habiller.

— Si jamais vous ne descendez pas, sourit-il, je vous jure que je vous fais porter « manquante » au commissariat de police.

— Je sais reconnaître mes défaites, fit-elle, tourmentée par le regard de Todd posé sur elle.

— Je regrette presque d'avoir invité mes amis ce soir. J'aurai préféré passer mon temps en compagnie de votre séduisante personne... Dans combien de temps serez-vous prête?

— Vingt minutes.

— Tâchez d'être ponctuelle, grogna-t-il en sortant.

En descendant, elle trouva la porte de l'appartement grande ouverte : une vive animation régnait à l'intérieur, où les amis de Todd allaient et venaient, visiblement très à l'aise. Alicia s'immobilisa un instant, intimidée par tous ces visages inconnus. L'un d'entre eux lui fit une étrange impression; sans pouvoir lui mettre un nom, il lui parut pourtant familier. C'était un homme d'âge mûr, au maintien élégant; une force tranquille émanait de toute sa personne, laissant deviner un caractère dynamique et généreux.

Elle ne put l'observer davantage, Todd s'étant interposé dans son champ de vision : la main tendue, il venait vers elle.

— Vous êtes juste à l'heure, sourit-il, comme se doit de l'être la parfaite secrétaire... cessez donc de me jeter ces regards noirs!

De sa main, il lui donna une petite tape, beaucoup trop familière au goût de la jeune fille. Les doigts noués dans les siens, il la mena de groupe en groupe, la présentant à tous ses amis. Alicia reconnut un bon nombre d'entre eux pour les avoir rencontrés au laboratoire de recherche. Mais cette fois, ils étaient accompagnés de jeunes femmes, toutes plus charmantes les unes que les autres. Alicia, entraînée par leur bonne humeur, échangea quelques plaisanteries avec eux.

Sam Bridgewater les taquina gentiment.

— Que s'est-il donc passé entre Todd et vous l'autre jour, Miss Granger? Je pensais vous raccompagner à la gare, mais il vous a littéralement enlevée!

— Nous nous sommes enfuis par le placard secret, n'est-ce pas, ma princesse? ironisa Todd.

Ses yeux malicieux croisèrent le regard foudroyant d'Alicia.

— Nous avons travaillé d'arrache-pied, n'est-ce pas, chéri? rétorqua-t-elle.

— Bien sûr... ma chérie, nous avons même travaillé « à la sueur de notre front », ajouta-t-il d'une voix mielleuse.

Les rires fusèrent autour d'eux, mettant l'irritation de la jeune fille à son comble : plus elle réagissait aux propos de Todd, plus ses remarques prêtaient à confusion.

— Vous savez, reprit-il en se tournant vers ses amis, jamais je n'aurais cru qu'un placard puisse avoir des utilisations aussi variées...

De nouveau les rires l'interrompirent. Une lueur de satisfaction dans les yeux, il évita le regard incendiaire d'Alicia. Avec toutes ces allusions, il ne faisait plus de doute pour personne qu'il y eut entre eux une liaison. Elle tenta vainement de retirer sa main, mais il lui serra douloureusement le poignet. Il l'entraîna à l'autre bout de la pièce, vers l'homme qu'elle avait remarqué en arrivant.

Ce dernier semblait les attendre et sourit à leur venue.

— Alicia, je vous présente mon père, Julius. Père, voici Alicia Granger.

Alicia comprit alors pourquoi ce visage l'avait intriguée; la ressemblance entre le père et le fils était frappante. Bien que plus clairs, les yeux de Julius avaient la même expression intense que ceux de son fils. Mais là où ceux de Todd étaient durs et froids, ceux de M. Alexander reflétaient une infaillible sérénité.

— Ma femme et moi avons beaucoup entendu parler de vous ; mais vous êtes encore mieux que ce que Todd nous avait laissé imaginer.

Il la gratifia d'un de ces sourires envoûtants qu'elle avait vu chez son fils... dans les rares occasions où il se montrait bien disposé.

— Ma mère n'a pas pu venir ce soir, car elle avait un engagement de longue date. Elle...

— Elle en voulait à Todd d'avoir organisé cette fête au dernier moment, interrompit Julius ; elle était aussi impatiente que moi de vous rencontrer.

Perplexe, Alicia se demandait en quels termes Todd avait bien pu parler d'elle à ses parents : l'avait-il présentée comme sa secrétaire, sa voisine ou sa petite amie ? Une chose était sûre : il n'avait pas parlé de leurs fiançailles.

Cependant, Julius s'était mis à la questionner gentiment sur sa vie, ses goûts, sa famille.

— Votre père travaille-t-il en permanence à l'étranger ?

— Londres est son point d'attache, mais il est constamment en déplacement. Ma mère l'accompagne presque toujours. Actuellement, ils sont au Danemark et devraient, si je ne me trompe, se rendre en Belgique dans les jours qui viennent. Il travaille dans les assurances.

Tandis qu'elle parlait, elle avait surpris à plusieurs reprises le père et le fils en train d'échanger des regards entendus.

Mal à l'aise, elle se demanda ce que pouvait bien signifier ce dialogue silencieux.

Julius se pencha vers elle et lui souleva doucement la main gauche.

— Pas de bague de fiançailles, Todd ? s'étonna-t-il.
Sans lui laisser le temps de répondre, Alicia s'interposa entre eux.
— Il était trop occupé, monsieur. Mais de toute façon, je lui ai dit que je ne...
Le regard de Todd se fit si menaçant qu'elle jugea plus prudent de se taire : Dieu sait quel esclandre aurait pu s'ensuivre si elle avait insisté.
— Quand le temps sera venu, père, j'apposerai ma « griffe » sur cette jeune femme.
Julius rit de bon cœur en voyant le visage indigné d'Alicia.
— Todd a une manière quelque peu brutale d'exprimer sa tendresse. Mais que voulez-vous, sourit-il en haussant les épaules, à chaque génération ses méthodes : courtiser une femme est devenu bien démodé.
— Pour ma part, je trouve que la courtoisie est un mot bien agréable. Quant aux méthodes de votre fils, M. Seager les a fort bien définies : il aime avant tout avoir « la liberté de choisir, de faire et de défaire ».
— Vraiment, il a dit cela ? Et moi qui le croyais mon ami, plaisanta Todd.
— Je reconnais bien là le subtil humour d'Henri. C'est un homme heureux et qui sait rester sensible aux problèmes d'autrui, s'esclaffa Julius.
— C'est un homme sage, une personne de confiance, décréta Alicia.
Se tournant vers Todd, elle le défia du regard. D'un commun accord, le père et le fils haussèrent les sourcils. « Décidément, se dit-elle, ils sont de connivence ! »
A cet instant, leur conversation fut interrompue par un jeune homme petit et trapu, quelque peu agité. Il voulut prendre Todd à part, mais celui-ci le rassura.
— Vous pouvez parler en toute liberté devant

Miss Granger, Raymond. D'abord, elle est au courant de tout, ensuite, son manque de connaissances scientifiques ne lui permettrait pas de tirer profit de notre conversation, *même si elle le voulait,* fit-il avec insistance.

— Etes-vous sûr que je ne dissimule pas de micro sur moi?

— Tout à fait certain. Vous ne vous souvenez plus : je vous ai regardée vous habiller? répliqua-t-il en haussant délibérément le ton.

Outrée, Alicia se mordit les lèvres. Comment pouvait-il parler ainsi devant tout le monde? Leurs fiançailles étaient loin d'être officielles. Excédée par ses constantes humiliations, elle chercha à se venger.

— Et je suppose que vous m'avez également passé ce collier autour du cou, fit-elle suavement, portant ses doigts au bijou de Léonard.

Todd pâlit légèrement puis fit mine de vérifier la sécurité de l'attache.

— En effet! D'où vient-il? demanda-t-il de but en blanc.

Prise au dépourvu, Alicia dut mentir pour la deuxième fois.

— Je... De ma mère.

— C'est une petite merveille, commenta rêveusement Raymond.

Il se détourna ensuite d'Alicia pour discuter avec Todd. Son bras emprisonné par les doigts de son fiancé, elle dut rester patiemment à leur côté. Ne pouvant suivre leur discussion, elle se mit à réfléchir.

Pourquoi avait-elle mis ce collier? Sans doute était-ce pour provoquer Todd, pour lui rappeler qu'il ne s'était pas donné la peine de lui acheter une bague. Pourtant, quel geste dérisoire : la seule personne susceptible d'en être blessée était elle!

Raymond les quitta enfin. Toujours au bras de Todd, elle dut reprendre leur petit ballet forcé parmi les invités. La soirée allait se terminer lorsque Julius Alexander s'approcha d'elle. Son fils étant parti raccompagner l'un de ses collègues, Alicia se trouva seule.

Saisissant tout d'abord sa main, il se ravisa et lui déposa un rapide baiser sur la joue.

— C'est de la part de ma femme, expliqua-t-il.

— Je suis très heureuse de vous avoir rencontré, monsieur, répondit-elle non sans mélancolie.

— Moi de même. J'espère que nous aurons le plaisir de vous revoir prochainement.

Jetant un coup d'œil en direction de la porte d'entrée, il hésita un instant avant de continuer.

— Il y a plusieurs années, mon fils a été cruellement blessé par une femme. Mais je crois que c'est davantage son amour-propre qui a souffert. Toujours est-il que Todd ne l'a jamais oublié ni pardonné...

— Il me l'a dit. Mais j'avais cru que cette blessure était très récente. Il y a ce cadre vide... hésita-t-elle.

Julius l'encouragea d'un petit signe de tête.

— M. Seager a affirmé qu'il désirait éloigner de lui les femmes. Alors je ne comprends pas...

— C'est vrai, Alicia, mais n'a-t-il pas trouvé en vous le portrait qui lui convenait? Il me semble que si. Vous savez il a...

— Il a quoi? coupa Todd qui revenait vers eux.

— Il a du charme et un cerveau, plaisanta son père.

— Nous parlions de votre jeunesse, ajouta malicieusement Alicia.

Todd eut un regard courroucé.

— En tout bon diplomate que je suis, c'est ici que je me retire de la scène! fit Julius en riant.

Puis, se tournant vers Alicia, il lui embrassa la joue de nouveau.

— Encore une fois, je suis heureux d'avoir fait votre connaissance, Alicia. Il faut absolument que

137

vous rencontriez ma femme. Arrange cela au plus vite, mon fils, ajouta-t-il avec gravité en s'adressant à celui-ci.

— A ce que je vois, mon père vous a adoptée, remarqua sèchement Todd quand ils furent seuls.

Il réfléchit un instant, le visage soucieux.

— Non, reprit-il soudain, je retire ce que je viens de dire !

Les invités s'étaient retirés un à un, laissant les deux jeunes gens en tête à tête. L'atmosphère entre eux était chargée d'électricité. Un reproche muet s'était glissé dans le regard de Todd. Alicia ne comprenait pas la raison de son agressivité. N'était-ce pas plutôt à elle de lui en vouloir ? Quand se déciderait-il à faire le premier pas ?

Jouant distraitement avec les bretelles de sa robe, elle attendit. Mais il ne se montra pas disposé à rompre le silence. Craignant que la situation ne s'envenime, Alicia ouvrit le dialogue sans pour autant cacher son mécontentement.

— Je me demande vraiment pourquoi vous m'avez invitée. Votre comptable aurait certainement mieux fait l'affaire que moi ! Vous...

— Je ne mélange pas mes femmes, l'interrompit sèchement Todd.

Elle se sentit découragée : jamais ils ne pourraient se comprendre ; comment se faisait-il que Julius Alexander l'ait adoptée en si peu de temps, alors que son fils...

Lentement, elle se dirigea vers la porte pour remonter chez elle.

— Je vous raccompagne, déclara Todd.
— Non !
— Vous avez un long chemin à faire, chuchota-t-il, les lèvres sur son cou.

Alicia frissonna ; elle dut se faire violence pour ne pas poser sa tête sur l'épaule de Todd.

— C'est inutile, mais merci quand même.

Ignorant son refus, il la prit par la taille et ils regagnèrent en silence son appartement.

— Votre père m'a dit que vos fiançailles remontaient déjà à plusieurs années, fit-elle en invitant Todd à prendre place sur le divan.

— C'est vrai.

— Vous deviez être très jeune.

— Et alors? demanda-t-il, irrité.

— Alors pourquoi menez-vous cette vendetta contre les femmes?

— Je ne l'avais pas remarqué.

Ses yeux parcoururent pensivement le corps élancé de la jeune fille, traçant le chemin rêvé de ses caresses.

Alicia se souvint alors du soir où elle l'avait supplié de rester à ses côtés. Ce soir-là n'était-elle pas comblée? Pourtant l'amertume envahit son cœur : combien de fois l'avait-il rejetée après l'avoir tendrement enlacée?

— Todd, je vous ai aimé. Mais je n'ai reçu de vous que du mépris et de la dureté. Je sais ce que vous pensez de moi, inutile de le nier! M. Seager me l'a dit : à vos yeux je ne suis qu'une « bonne actrice ».

— Alicia, est-ce que vous m'aimez?

Son visage tendu était tout près du sien et elle sentit son souffle rapide sur sa peau. Elle aurait voulu lui crier la force de son sentiment, mais sa fierté l'emporta.

— Je vous adore, mon chéri, susurra-t-elle.

— Vous savez pertinemment que vous m'aimez, s'exclama-t-il en colère, vous me l'avez souvent répété.

— Si vous ne me faites pas confiance, comment pouvez-vous être sûr que je ne vous mentais pas?

Il l'agrippa aux épaules, la secouant rageusement. Rassemblant tout son courage, Alicia lui tint tête. Elle exigerait de lui les preuves d'amour que n'importe quel fiancé devait donner à sa future femme.

— Je sais que vous êtes digne de confiance, haletat-il. Les informations que vous avez reçues au laboratoire sont restées secrètes.

— Comment le savez-vous ? murmura Alicia, incrédule.

— Peu importe... J'ai mes méthodes, mon amour, comme vous allez bientôt le découvrir.

Il la serra contre lui de toutes ses forces comme s'il voulait la soustraire à quelque danger. Toute sa colère s'était muée en passion et à travers ses caresses, Alicia sentit enfin sa brûlante tendresse glisser en elle. D'une voix rauque qu'elle ne lui connaissait pas, il lui demanda :

— Dites-moi comment je peux combler celle que j'aime. Alicia, vous êtes la première femme en qui j'ai confiance.

Avant qu'elle ne pût répondre, il l'allongea sur le canapé où elle se sentit s'enfoncer comme dans un rêve. Les lèvres de Todd frémirent sur sa gorge palpitante.

— Je vous en supplie, Alicia, dites-moi que vous m'aimez, que vous m'aimez vraiment.

— Todd! cria-t-elle en rejetant sa tête sur le coussin.

Une émotion sans bornes lui noua la gorge. Etreignant la tête de Todd entre ses mains, elle guida tendrement ses lèvres sur sa peau frémissante.

Alicia se demanda comment elle pouvait maîtriser sa volonté de lui prouver son amour. Todd écarta doucement les doigts de la jeune fille et la fixa gravement.

— Cette fois-ci, Alicia, vous ne m'échapperez

plus. L'autre soir vous m'avez imploré de rester à vos côtés. A présent, c'est moi qui vous supplie. Nous...

Todd s'immobilisa soudain, le visage livide.

— J'ai entendu quelque chose; ça vient d'en bas, chuchota-t-il.

Alicia se raidit. Comment pouvait-il en de pareils instants rester attentif au monde extérieur? songea-t-elle tristement.

— Ce sont probablement les voisins, objecta-t-elle.

Mais Todd s'entêtait.

— Non, ce n'étaient ni des voix, ni un bruit de porte.

— Un voleur?

— Je vais voir.

— Vous avez dû rêver. Ne partez pas, Todd, restez avec moi.

Mais déjà il était debout et ses yeux glissèrent sur elle comme s'il ne la voyait pas.

Subitement un bruit de verre cassé résonna dans la nuit. Revenant brutalement à la réalité, elle se leva d'un bond et courut derrière Todd, terrorisée à l'idée qu'il puisse lui arriver quelque chose.

Il n'était déjà plus dans l'escalier, mais des éclats de voix lui parvinrent : celle de Todd d'abord, ensuite, une autre, étrangement familière...

Frappée de stupeur, elle reconnut les intonations de Léonard Richardson. A en juger par ses cris étouffés, Todd devait l'avoir saisi à la gorge.

10

Seul le bureau était éclairé. Léonard avait dû y pénétrer par effraction car habituellement, cette pièce était toujours fermée, à l'abri des regards indiscrets. Alicia savait que Todd était prêt à défendre, à n'importe quel prix, les secrets qui s'y trouvaient cachés. Mais il avait beau posséder une force peu commune, elle ne put s'empêcher d'imaginer le pire. Les jambes tremblantes, elle s'appuya au dossier du canapé et attendit, impuissante à séparer les deux hommes.

Ils firent enfin irruption dans le salon, Léonard marchant plié en deux devant Todd qui lui avait coincé le bras dans le dos. L'intrus grimaçait sous la prise, paralysé par la douleur.

— Eh bien, parle maintenant, gronda Todd.

A la vue d'Alicia, un rictus de satisfaction déforma les lèvres de Léonard.

— Demandez-lui... à elle! Elle savait que j'allais venir.

— Je savais? cria-t-elle, indignée, pâle comme un linge.

Comment pouvait-il être aussi ignoble? Il lui avait simplement dit qu'il passerait peut-être mais... chez elle! Les poings serrés, elle soutint le regard fielleux de son collègue.

— Vos insinuations me dégoûtent. Je savais seulement que...

— Alors c'est vrai! cria rageusement Todd.

— Non, non! C'est-à-dire que...

Les mâchoires crispées, la lèvre inférieure tremblante de colère, il s'avança vers elle, menaçant.

— C'est un malentendu, Todd, supplia-t-elle, sentant son cœur chavirer.

— Petite misérable, laissa-t-il douloureusement échapper.

Sa voix était méconnaissable. Au prix d'un terrible effort, il articula lentement, détachant chaque syllabe.

— Vous m'avez attiré là-haut, usant de votre charme. Vous avez abusé de mon amour pour que ce traître puisse espionner mon travail, les mains libres. Vous avez dit que je rêvais quand j'ai entendu du bruit. Je comprends maintenant. Mais c'était sans compter avec la finesse de mon oreille. Dans mes bras, vous étiez prête à aller jusqu'au bout pour...

Léonard sourit méchamment.

— Nous avons bien réussi notre coup, n'est-ce pas? Nous avions mis notre plan au point le midi quand nous mangions ensemble.

— Il ment! cria sauvagement Alicia.

— Elle a travaillé à mes côtés, toutes ces dernières semaines, reprit-il, l'œil mauvais. Elle me donnait un double des rapports secrets; j'en avais connaissance presque en même temps que vous. Nous...

— Prouvez-moi qu'il ment, intervint Todd.

— Oui, je... C'est une abomination!

La peur avait envahi Alicia. Quelles preuves pouvait-elle fournir? Elle ne connaissait que trop bien la méfiance quasi obsessionnelle de Todd envers les femmes. N'avait-il pas, dès le début, reproché à Henri Seager de l'avoir mise dans le secret? Jamais elle ne parviendrait à le convaincre de son innocence.

Un silence de mort tomba sur eux. Todd parla le premier.

— Dès le premier jour où il est venu pleurnicher dans mon bureau, il vous a impliquée. Oh, pas nominativement, bien sûr! Il avait bien appris sa leçon, et il a su se méfier d'une éventuelle poursuite en diffamation. « Une fille du personnel, avec qui il était ami... », a-t-il insinué. Vu le peu d'amitié que pouvait susciter un individu aussi médiocre, il m'a été facile de deviner qu'il s'agissait de vous.

Bouleversée, Alicia prit une large inspiration et s'arma de tout le courage qu'elle possédait.

— Je savais que j'étais suspectée, en tout cas à vos yeux. N'aurais-je pas pris plus de précautions? J'aurais cherché à obtenir les renseignements d'une façon plus... subtile, par d'autres moyens. Vous savez aussi bien que moi, que les occasions n'ont pas manqué!

Todd relâcha si brusquement le bras de Léonard que ce dernier cria de douleur; puis il marcha sur Alicia, les yeux rétrécis de dépit.

— Oui, mais moi, mon amour chéri, j'étais sur mes gardes à chaque fois que nous étions « dans l'intimité ». La suspicion n'émousse pas la virilité d'un homme, elle peut même parfois l'aiguiser...

Le visage de Todd était décomposé par la colère. Empoignant le tissu de son vêtement, il la secoua violemment. Terrorisée, Alicia se recroquevilla sur elle-même, mimant la mort comme un animal face au danger.

Toute l'humiliation qu'elle avait ressentie quand il l'avait fouillée, l'envahit à nouveau. Mais elle ne broncha pas. Coûte que coûte, elle devait attendre qu'il se calmât, même au prix de sa fierté.

— Vous est-il venu à l'esprit, mon amour, que je pouvais moi aussi employer des moyens plus « subtiles »? poursuivit-il, hors de lui.

D'une manière tout inattendue, il éclata de rire.

— Mes lèvres, mes bras étaient aussi une façon d'en apprendre plus sur votre double jeu, acheva-t-il.

— Alors, balbutia-t-elle, tout ce que vous m'avez dit était faux? Vous ne m'aimez pas? Vous n'avez jamais eu l'intention de m'épouser?

Croisant les bras, il la toisa froidement.

— Todd, cria-t-elle, la voix vibrante de désespoir, je vous aime! Je suis innocente! Je vous jure que les affirmations de Léonard ne sont qu'un vaste mensonge.

— Regardez donc ce collier qu'elle a autour du cou, grinça Léonard.

Alicia porta ses mains à la gorge; Todd se tourna lentement vers lui.

— Elle a dit qu'il appartenait à sa mère.

— Ah vraiment? Eh bien, elle ment. C'est moi qui le lui ai acheté. Je...

— Je ne vous crois pas, trancha Todd.

— Je n'aurai aucun mal à vous le prouver, riposta Léonard, haussant dédaigneusement le ton... Tenez, voilà, regardez cette photo.

Il brandit fièrement le portrait qu'il avait pris d'Alicia au café, lorsqu'elle tentait de défaire le collier pour le lui rendre.

— Vous n'êtes qu'une larve, gémit-elle en rencontrant le regard triomphant de Léonard.

— Et vous, comment doit-on vous appeler? Je croyais que c'était là un bijou de famille... fit Todd, avec mépris.

— Je ne pouvais pas vous apprendre la vérité. Vous n'auriez pas pu comprendre. Vous...

— Je vous aurais tuée, murmura Todd d'une voix à peine audible.

— Et s'il mentait? s'affola-t-elle, ne sachant plus que faire ni dire.

— Mais c'est que je suis prudent, observa Léonard. Mon histoire tient debout.

— Des calomnies, voilà ce que sont vos propos, s'emporta-t-elle.

Todd prit alors la feuille de papier que Léonard agitait, arrogant.

— La facture du collier, fit d'une voix étrangement calme, le directeur d'« Alexander et Cie ». Tout y est : la description de l'objet, son prix — coquet, je dois avouer — la date. Voilà un cadeau bien disproportionné pour une jeune fille innocente.

Ils regardèrent tous les trois le reçu tomber à terre. Puis Todd s'approcha d'Alicia.

— Je m'occuperai de vous en rentrant. Ne filez pas, sinon je ferai en sorte que jamais, plus jamais de votre vie vous ne trouviez un autre emploi.

Il la saisit brusquement à la gorge et elle sentit la respiration lui manquer. Effrayée, elle lui griffa la main de toutes ses forces mais il ne fit que resserrer l'étau davantage.

Léonard ne fit aucun effort pour les séparer, trahissant l'ampleur de sa lâcheté. Il profita de cet instant pour s'avancer sur la pointe des pieds vers la porte d'entrée. Mais Todd l'entendit et relâchant aussitôt Alicia, il bondit sur lui.

Secouée par une violente crise de larmes, elle remonta précipitamment chez elle, tandis que Todd, maîtrisant le fuyard, l'entraînait vers le parking.

— Tu ne t'échapperas pas comme ça, espèce de bâtard, entendit-elle avant de fermer sa porte.

Les nerfs à vif, elle s'effondra sur son lit. Agrippant les bords de l'oreiller entre ses mains, elle y enfonça la tête en sanglotant.

« Vous êtes la première femme en qui j'aie confiance », lui avait-il dit. Pouvait-elle encore le croire ? Ou avait-il cherché à la pousser dans ses derniers retranchements, pour savoir si elle l'espionnaît ou non? Où était la vérité? A présent, l'un comme l'autre, ils étaient confrontés à un inextricable dilemme. Leur vie était devenue une succession de rêves et de cauchemars.

L'aube commençait à poindre, quand un bruit de pas la tira d'un sommeil mouvementé. La lumière de sa chambre était toujours allumée. Alicia portait encore sa longue robe bleu pervenche, plus froissée que jamais.

Elle se dressa sur les coudes et tendit l'oreille. La porte de sa chambre s'ouvrit brutalement. Todd apparut sur le seuil, le visage hagard, la chemise défaite, les cheveux en désordre. Il fixa sur elle un regard brillant, presque fiévreux, comme s'il avait bu trop d'alcool.

Pétrifiée, elle se couvrit la tête des mains, incapable de proférer le moindre son.

— Croyez-vous vraiment que je puisse vous faire du mal?

Sa voix n'était pas celle d'un homme ivre, ni celle d'un être en proie à la colère.

« C'est encore une de ses ruses », se dit-elle, recroquevillée sur le lit. Elle demeura figée, attendant que la fureur de Todd éclate.

Elle entendit grincer son vieux fauteuil, puis la pièce retomba dans un silence pesant.

La tension devenant insupportable, elle ouvrit les yeux. Il s'était affalé dans le fauteuil, les jambes allongées, les bras pendant de chaque côté. Il fermait les yeux, creusés par de profonds cernes.

— Vous êtes blanchie de tout soupçon, grommela-t-il, pour toujours; maintenant, cessez de me regarder comme si j'allais vous frapper.

Restant sur ses paroles, elle ne desserra pas les dents.

— Vous pensez donc que la brutalité est ma

deuxième nature? Cela suffit, Alicia, ôtez-moi de vos yeux cet air de chien battu, ou cette fois je vais me fâcher pour de bon. D'accord?

Lentement, Alicia se redressa. Petit à petit, ses muscles se détendirent et, soulevant les jambes, elle s'allongea sur le lit. Quand elle parla, sa voix lui parut venir de très loin.

— Vous avez battu Léonard pour le forcer à parler?

Todd se leva et se mit à arpenter nerveusement la chambre. Ses doigts impatients repoussèrent une mèche de cheveux que la sueur lui avait collé au front.

— Disons qu'un petit « traitement de choc » s'est avéré nécessaire. Surtout lorsqu'il a fait mine de s'enfuir. Il a risqué quelques coups de poing mais j'en suis vite venu à bout. Nous avons regagné mon appartement où j'ai convoqué Henri, mon père et quelques amis du laboratoire. Ils sont venus en un temps record.

Il fit une pause, s'immobilisant quelques instants au milieu de la pièce.

— M. Seager, lui, m'a fait confiance tout au long de cette histoire.

— Vous voulez dire que j'aurais dû en faire autant?

— Oui, répondit-elle doucement.

A présent qu'elle était lavée de tout soupçon, elle pouvait se permettre un reproche. Pourtant, le fait d'être disculpée ne la remplissait pas de joie comme elle aurait pu s'y attendre. Malgré ce revers de circonstances, Todd ne s'était pas rapproché d'elle. Il n'avait pas prononcé les mots qu'elle espérait tant. Peut-être ne les entendrait-elle jamais plus... Quand il lui avait dit qu'il l'aimait, elle l'avait cru sincère. Mais, après l'intrusion de Léonard, il avait laissé entendre que jamais il n'avait voulu l'épouser.

Il vint vers elle, et se tint debout à côté du lit.

— Sachez donc, Alicia, que même Henri avait fini par douter de vous.

— C'est vrai qu'il m'a posé beaucoup de questions sur mon amitié avec Léonard, murmura-t-elle, troublée.

— Peut-être était-ce le collier qui l'a mis mal à l'aise...

— Il avait dû deviner que je lui mentais?

Todd hocha la tête en signe d'approbation.

— Cela m'était insupportable de mentir à M. Seager. Mais quelque chose m'empêchait de lui dire la vérité.

— L'intuition féminine? taquina Todd.

Mais elle resta sérieuse. Il reprit sa marche à travers la chambre, son grand front plissé par tant de mauvais souvenirs.

— Il y avait trop d'indices, Alicia. Tout d'abord, la fois où je vous ai surprise au téléphone en train de chuchoter : « Dites à Léonard qu'il est là. » Comme par hasard, Richardson frappait à ma porte quelques minutes plus tard... Et le jour où vous êtes sortis ensemble de mon bureau pour que je ne vous entende pas... Et le nombre de fois où vous avez pris vos repas ensemble? Je prenais note de tout, et en mon absence, c'était Henri qui vous surveillait.

— Mais le jour où j'ai fait sortir Léonard de mon bureau, c'était pour l'éloigner de mon travail : je ne voulais pas qu'il entende la cassette d'enregistrement que vous m'aviez donnée ni qu'il lise ce que j'avais déjà dactylographié.

— A propos, la cassette en question n'était que du bluff. Vous souvenez-vous? Lorsque le laboratoire nous a dérangés...

— C'était quand nous...

Alicia s'interrompit en rougissant.

— Quand nous nous entendions si bien! J'avais

maudi cet appareil, sourit Todd, son vieil air narquois reprenant le dessus.

— Todd, pourquoi aviez-vous aussi brutalement changé d'attitude?

— Ce coup de téléphone m'annonçait qu'il — Léonard Richardson — avait déjà eu le temps de passer tous les renseignements dans le camp adverse, avec votre aide, pensions-nous... Malheureusement, cet incident n'était qu'un parmi tant d'autres. Profitant de mon absence, vous vous étiez installée dans mon bureau, vous donnant accès sans mon autorisation à bon nombre de documents.

— Oui, je me souviens. Je tapais le premier rapport que m'avait remis M. Seager. Il avait tellement insisté sur leur caractère confidentiel que je m'étais réfugiée chez vous pour fuir Léonard.

— Mais pourquoi ne m'aviez-vous pas prévenu?

Repliant ses genoux sous son menton, Alicia regarda pensivement devant elle.

— J'ai essayé, Todd, mais vous m'impressionniez terriblement!

Il éclata de rire et vint s'asseoir à ses côtés. Ses yeux de plus en plus chaleureux ne la quittaient pas.

— Continuez cette romantique histoire! fit-elle en lui jetant un regard espiègle.

— Mesurez bien vos mots, ma belle héroïne, ou je vais reprendre là où nous en étions il y a quelques heures, avant que cet insolent ne nous interrompe! Aucun des rapports n'est resté secret : chaque fois que vous les tapiez, Léonard en avait aussitôt connaissance.

— Me chargeant toujours davantage, soupira-t-elle.

— Ce n'est pas tout : Richardson a raconté à l'entreprise adverse qu'il avait un partenaire — une femme — et qu'il lui fallait par conséquent plus d'argent. Voilà ce qui explique le collier.

— C'est donc pour cela qu'il se sentait coupable ! Si j'avais su, je lui aurais jeté à la figure.

— Vous vous êtes donc sentie moralement obligée de l'accepter ?

— Oui, oui, c'est exactement cela, fit-elle, levant des yeux pleins d'espoir vers Todd.

Bien qu'une expression de soulagement détendît ses traits, il n'ajouta aucun commentaire.

— Richardson n'a pas cessé de vous impliquer. Mon ami, mon vieil et loyal ami Henri, était prêt à travailler jour et nuit pour prouver votre innocence. Sa confiance dans votre honnêteté était inébranlable.

— C'est un homme remarquable, constata Alicia, une inflexion de tristesse dans la voix.

— Bien plus remarquable que moi ?

— Il me croyait... pas vous.

— Ma chérie, vous rendez-vous compte des nuits blanches que j'ai passées à essayer de vous comprendre ? Tant de preuves s'accumulaient contre vous. Je vous aimais mais je devais lutter contre cet amour pour rester lucide. Quand je vous ai demandé de devenir ma femme, j'espérais que vous ne me tromperiez plus. Mais lorsque les informations continuèrent à filtrer — via Léonard — et que vous étiez la seule autre personne dans le secret, que pouvais-je faire d'autre que vous suspecter ? Vous brisiez tous nos projets et des années de...

— Une autre firme s'est emparée du projet ?

Devant son air horrifié, il lui caressa la joue.

— « Long Ranger » est en sécurité. J'ai une révélation à vous faire, Alicia : l'entreprise pour laquelle Richardson croyait travailler était en réalité fictive ! Nous l'avions créée de toutes pièces pour le tromper. C'est un stratagème mis au point par mon père : il en est devenu président, ingénieur en chef, chercheur, bref, il a tenu tous les rôles pour une industrie fantôme !

— Et Léonard n'a jamais rien deviné ?

— Non : il a eu tout l'argent qu'il voulait... Alicia, je veux que vous gardiez ce collier : ce sera en dédommagement de tout ce que vous avez enduré.

— Mais il vient de...

— Oh! fit Todd, haussant les épaules, il a été acheté avec mon argent : c'est un peu moi qui vous l'offre!

Spontanément, Alicia regarda son doigt où aurait dû briller la bague de fiançailles. Todd suivit son regard, mais ne dit rien.

— Si vous saviez depuis le début que Léonard était un traître pourquoi ne l'avoir pas renvoyé plus tôt?

— Nous savions qu'il ne travaillait pas seul. Il fallait donc à tout prix que son compagnon se dévoile. Je voulais par-dessus tout prouver votre innocence. Cela a pris beaucoup plus de temps que je n'aurais voulu.

— Sans doute parce qu'il n'y avait rien à découvrir?

— Aïe! fit-il doucement, répondant à son sourire provocateur.

— Qu'est-ce qui a décidé Léonard à avouer?

— J'ai menacé d'appeler la police; ce à quoi il a répondu que « l'espionnage industriel n'était pas un délit ». Je lui ai demandé alors si faire effraction chez les gens n'en était pas un non plus. Comme je me dirigeais vers le téléphone, il a pris peur et a parlé.

Todd s'allongea sur le lit et se passa la main sur son visage exténué.

— Vous voulez bien vous pousser un peu, je suis fatigué aussi...

Réajustant les plis de sa robe, elle s'installa à ses côtés en rougissant. Todd sourit à sa pudeur puis, glissant un bras autour de sa taille, il continua son récit.

— Richardson avait mis au point une technique pour ouvrir votre armoire sans clé. Mais dites-moi, comment était-il au courant pour le bureau dans mon appartement ?

Perplexe, Alicia réfléchit : elle était certaine pourtant de ne pas lui en avoir soufflé mot.

— Le seul indice qu'il ait pu avoir, murmura-t-elle pensivement, est votre conversation sur la bande magnétique. Vous aviez parlé de l'heure de la sieste, s'il a entendu le début de l'enregistrement, il a... il a une tête « bien remplie », c'est lui-même qui me l'a d'ailleurs affirmé...

Todd éclata de rire et lui tira doucement l'oreille d'un air espiègle.

— Pas si bien remplie que ça ! C'était au contraire le roi des imbéciles, puisqu'il ne s'est jamais rendu compte que les informations n'avaient aucune valeur scientifique.

— Je suis tellement soulagée !

Elle glissa, câline, la tête au creux de l'épaule de Todd. Mais comme il ne bronchait pas, elle la releva tristement.

Il se mit à chercher dans la poche de son pantalon.

— Donnez-moi votre main, Alicia. Non, pas la droite, petite sotte, la gauche.

D'une minuscule boîte blanche, il sortit un anneau en or, serti de diamants disposés en forme de fleur.

— Avec cette bague, je fais de vous ma femme.

— Pas vraiment, murmura-t-elle, pas avant...

Elle s'interrompit brusquement, Todd cherchant à lui retirer la bague.

— Si, si, Todd, je...

Il se pencha vers elle, ses yeux sombres illuminés de plaisir. Etait-ce là la marque de l'amour ? se demanda anxieusement Alicia. Ils se turent un long moment.

— Pourquoi m'avez-vous emmenée au Laboratoire? s'enquit-elle enfin, ne sachant comment meubler le silence.

— Pour vous mettre à l'épreuve : je voulais savoir si vous en informeriez Léonard.

— Je ne lui ai rien dit, même pas où se trouvait le laboratoire.

Todd la contemplait d'un air amusé.

— Pourriez-vous me dire où il est situé?

— C'est vrai, reconnut-elle, je ne saurais pas y retourner.

— J'avais pris mes précautions : je vous suspectais encore.

— C'est pourquoi vous m'avez si odieusement fouillée!

— Etait-ce vraiment aussi désagréable? murmura-t-il rêveusement.

— Jamais je n'ai...

Alicia ne put achever sa phrase : sous le regard brûlant de Todd, son cœur s'était mis à battre violemment. Etait-il possible qu'il eût raison? Le sang afflua dans ses veines et les questions tournoyèrent dans sa tête.

Son désarroi n'échappa pas à la lucidité de Todd. D'un geste moqueur, il lui attrapa une longue mèche de cheveux et lui couvrit pudiquement les yeux.

— Et si je vous ordonnais de vous déshabiller encore? souffla-t-il au creux de son oreille.

— Non, non! se récria-t-elle, bouleversée.

Mais l'intonation de sa voix la trahit. Il posa sur elle ses yeux ardents.

— Alicia, ne me mentez pas, vous le souhaitez...

Avec sa sincérité habituelle, elle dut s'avouer qu'elle ferait tout ce qui était en son pouvoir pour lui plaire. Sans le quitter des yeux, elle passa ses doigts tremblants sous les bretelles de sa robe, dénudant la fine courbure de ses épaules. Elle se retourna ensuite sur le côté, pour faire coulisser la fermeture Eclair dans son dos. Mais les mains de Todd écartèrent les siennes, découvrant peu à peu sa peau souple et douce.

— Non, Todd! s'écria-t-elle tout à coup.

« Avec cette bague, je fais de vous ma femme », avait-il dit. Mais il n'y avait pas eu de mariage : au contraire, il n'avait cessé de dénigrer cette institution. Cet homme l'avait tout simplement subjuguée pour mieux pouvoir abuser d'elle.

Alicia tira frénétiquement sur sa robe pour la faire remonter au-dessus de ses hanches. Mais avec l'agilité d'un chat, il l'immobilisa, sourd à ses supplications.

— Je ne veux pas, je ne céderai pas! Les fiançailles ne sont pas le mariage. Vous ne m'aimez pas.

Elle s'arc-bouta pour le repousser aux épaules. Mais quand elle rencontra les puissants muscles de Todd, elle ne put que mesurer l'étendue de sa faiblesse.

— Pas de plaisir sans l'amour, suffoqua-t-elle. Je ne serai pas une de plus sur votre liste de femmes « choisies et rejetées ».

Pour toute réponse, il enfouit son front brûlant dans le cou d'Alicia. Il se mit alors à la caresser avec autant de tendresse que de sensualité, faisant renaître en elle toute sa confiance.

— Vous me concédez victoire? murmura-t-il, ses lèvres remuant contre elle.

— Que puis-je faire de plus? répondit-elle, la voix brisée par l'émotion. Mais j'étais sincère, Todd : j'ai surtout besoin de votre amour.

— Combien de fois m'avez-vous dit que vous m'aimiez?

— Et vous? rétorqua-t-elle.

Quand il l'embrassa, elle comprit à quel point ses baisers étaient des paroles d'amour. Peut-être même traduisaient-ils infiniment mieux que les mots la passion de cet homme fier et entier. Tout son corps frémissant n'était qu'un aveu...

Laissant reposer ses mains au creux des hanches d'Alicia, Todd la contempla longuement. Ses yeux rivés aux siens, elle y vit briller des reflets dorés.

— Ai-je oublié de vous annoncer l'autre raison pour laquelle je veux vous épouser? Comment dire à la femme que vous chérissez plus que tout au monde que sans elle, vous êtes comme l'oiseau auquel on a coupé les ailes? Que votre besoin d'elle est aussi vital que le sang pour votre cœur? Si ces trois mots vous suffisent, alors, je vous aime, Alicia...

Un défi quasi sauvage vibrait dans sa voix.

— Dites-moi quels mots peuvent exprimer la vague d'amour qui nous submerge? Je vous désire, Alicia : ici, maintenant. J'ai besoin de vous. Allez-vous me demander d'attendre le soir de notre mariage?

Pressant ses mains entre les siennes, elle répondit dans un souffle :

— Todd, ne m'abandonnez jamais.

— Alicia, ma femme...

Leurs voix se propagèrent comme une onde dans leurs corps tendrement enlacés.

Le soleil inondait la chambre quand Alicia, forte de leur nouvelle intimité, se pencha vers Todd.

— Monsieur Alexander, vous devriez vraiment cesser de m'embrasser.

— Je pourrais t'embrasser jusqu'à la fin des temps!

— Et ce cadre vide, Todd?

— Il ne l'est plus : le portrait d'une très belle femme l'occupe : j'ai pris à Léonard la photo qu'il avait de toi! Mais c'est provisoire... cette photo, je veux dire! ajouta-t-il, voyant ses grands yeux bleus s'indigner. Bientôt j'y mettrai le portrait de ma femme et de son mari.

— Todd, tu es incorrigible! rit-elle en se blottissant au creux des bras qu'il lui tendait...

Les Prénoms Harlequin

ALICIA

fête : 16 décembre   couleur : jaune

Secrète et sensible, celle qui porte ce prénom n'a guère coutume de s'épancher en confidences... rien d'étonnant du reste, si l'on sait que son animal totem est la carpe. Un peu mystérieuse, elle séduit d'autant plus qu'elle ne cherche nullement à briller ; simplement, ce rayonnement étrange qui émane d'elle agit bien souvent à la façon d'un aimant sur tous ceux qui l'approchent...

Pourtant, Alicia Granger a beaucoup de mal à s'expliquer le soudain intérêt que lui manifeste son jeune directeur...

Les Prénoms Harlequin

TODD

Ce prénom qui, à l'origine, signifiait « renard », accorde à celui qui le porte l'intuition remarquable, voire le flair de ce rusé animal. Brillant et ingénieux, il excelle dans les métiers qui nécessitent un esprit créatif et le goût de l'expérimentation. Mais, tout comme le renard dans sa tanière, il devient féroce dès que l'on touche à ce domaine privilégié de sa vie.

Cependant, malgré les preuves accablantes qui pèsent sur Alicia, Todd Alexander s'acharne à établir son innocence, au détriment peut-être de son propre travail...

*Achevé d'imprimer en mars 1982
sur les presses de l'Imprimerie Bussière
à Saint-Amand (Cher)*

— N° d'imprimeur : 1659. —
— N° d'éditeur : C 179. —
Dépôt légal : avril 1982.
Imprimé en France